两生两来

叶冠男 著／绘

生活·讀書·新知 三联书店

自序：寻找冠男

自序：寻找冠男

2006年初夏的某天，女儿用中文在“百度”、“雅虎”上查寻《让我们荡起双桨》这首歌时，多种悦耳的唱法立即从电脑里跳出来。末了，我突发奇想：何不查查中文互联网上的“叶冠男”？之后的两个小时里，我仿佛从十七年中文互联网的睡谷中苏醒过来……

在各个网站上，我发现我的小说《我拨错了电话》、《博士主夫》以及其他一些随笔被不断地评论，《留美手记》、《美国随想》也被中美几十所图书馆收藏，包括哈佛大学的燕京图书馆……这些年，我的作品在多家网站停留，而我这当事人却浑然不知。因在美国的商场拼搏，我早已把中文作家的美梦“冬眠”了。我也纳闷，这么多年我怎么能投身在美国的房地产业中而毫无“中文作家”意识地生存着？

我不能不惊叹这些年间中国互联网的迅猛发展。我猜想这些“信息革命”大概发生在1998年以后，也就是我在美国密歇根州做房地产的这些年间。这些年我一直是在英文互联网上查询房源，用英文电邮和客户联络。我整天忙忙碌碌，偶尔浏览过几家最早的全球中文文学网站，一度以为这些网站是“全球小道消息居委会”，颇费宝贵年华。我不是网络写手，不曾邮稿，不曾“博客”，对这些不以为然。现在或许我应该静下来想想自己是否应该融入全球多媒体时代。科班出身也罢，留过学也罢，作品在正规的出版社发表过也罢，清高也许只是一件奢侈的古董。作家的作品，通过网络，应该更显其表达的“个人性、开放性和交互性”。

我像刘姥姥进大观园，笨拙地在中文互联网上“闲溜”。一不小心，我点击到某个网站，从那里蹦出几个“土著部落”的“女首领”，她们丰乳肥臀地搔首弄姿，几乎一丝不挂地人来人“网”……我连忙大无畏地对正在一旁做功课的十岁女儿喊道：“闭眼！”像所有天下母亲一样，我希望小孩的童年能长一点。

我东张西望，小心翼翼地点击鼠标，生怕鼠标窸窣的声响惊扰了其他几个“冠男”的生活。广东居然有一个“冠男名人堂”，在“作家叶冠男”旁注着“作家简历暂缺，请知道的人输入”。我一点鼠标而过，下意识地将椅子推离电脑屏幕，像是隐身人那样地玩起捉迷藏游戏。

转眼间，信息世界“风起云涌”：我在杭师院英语系的学友马云开创了中国阿里巴巴；文学社的中文系老兄陈烟土成了房地产大亨，在网上推销浙江房地产；我的作品被一些文化、学术刊物评论；我尊敬的教授的书籍和自己的书在网上书店出售；我认识的英语老师在网上传授学好英语的高招；很多亲朋好友在网上聊天；后生可畏的韩寒们在网上进行思想革命……

这世界在变小，变近，变快！

海内外亲朋好友经常问我："最近忙不忙？" 我答："我在异国生存，不忙才怪，真是忙得团团转"……

就连过节我也忙得团团转。一年又一年，我交错着过美国节日、中国节日，顺便也过邻近的加拿大节日。

我的舌头也忙得团团转：我一会儿讲英文，一会儿讲中文，一会儿说几句日语……

自从我对中文互联网有了伟大的"哥伦布发现"，除了英文互联网，我也开始每星期上几次中文互联网阅读、查询。我要英文世界的"Guannan Ye"和中文世界的亲朋好友、读者、"叶冠男"进行"零距离"接触！我也在中文世界里为"寻找冠男"、寻找自我、寻找自己的过去而忙得团团转……

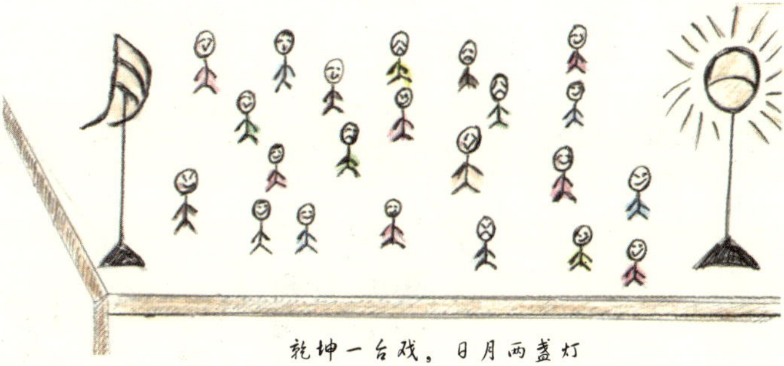

乾坤一台戏，日月两盏灯

天天高潮

"北风吹"

穿林海，跨雪原

比比谁的高帽高

冠男临摹的《卖花姑娘》电影剧照

贯彻"54号"文件

金鸡独立

大蒜鸡

冠男剪纸习作：寻找玩具娃娃

爸爸的剃须刀刻出的作品

冠男剪纸习作：一粒稻穗（上）、“文革”与文艺复兴（下）

冠男剪纸作品：准鸳鸯火锅

冠男剪纸作品：遥看破布挂前串

红孩红趣

(1963 ~ 1976)

天天高潮

1963年3月，在伟大的革命战士雷锋牺牲一年后，毛主席号召全国人民“向雷锋同志学习”。据说，很多家长响应号召，为那年出生的自家孩子取名时带上一个“锋”字。雷锋的私人日记像圣经一样被用来公开学习，全国有志之士开始争做好人好事，激情满怀地写着争做革命螺丝钉的“心路历程”日记。人们希望哪天光荣地死得其所时，高尚的“私生活”日记也能被圣经一样用来研读、致敬。

十一岁的大姐、八岁的二姐、六岁的三姐、五岁的四姐刚好各抓着一块旧毛毯的四角，躺在毛毯“吊床”里的我才刚过暑期中的双满月，浑身只穿一小片小肚兜。她们摇晃着小毛毯中的我“摔年糕”，这出活生生的娃娃家游戏很刺激。在四个小女孩小鸟般清脆的叽喳声中，我任她们怎么摆弄，尽享其中，即使我尿了也无所谓——有时毛毯湿了，她们还会饶有兴趣地互猜：“这味闻起来像西瓜汁吗？”

一会儿，她们又在大姐的带领下，大汗淋漓地用童音哼唱着“学习雷锋好榜样，忠于革命忠于党”，这是当时时髦的军队歌曲，那神气得可以让人行进的曲调使我热血沸腾。我情不自禁，有节奏地蹬起两节藕段般的小腿，踢起小脚丫……这算是我的健美操。

“学习雷锋好榜样，忠于革命忠于党”也是我的摇篮曲。哪天高音喇叭或收音机里不播放这熟悉的曲调，婴儿的我，就像断了奶水、糊花糕和尿布，就无法入睡。高音喇叭的发明真是高呀，在没有电视的年代，它是中国首要的新闻媒介。在学校、工矿企业，它传播着政治时事：人民心连心交流的统一模式。此类高音喇叭具有现代电子音乐合成器的高分贝。从它这里，在任何角落，热血沸腾的人们都能连续不断地听到掀起火红年代各种高潮的口号和歌唱：“社会主义好，社会主义好！社会主义国家人民地位高。反动派，被打倒，帝国主义夹着尾巴逃跑了……”我在摇床上使劲地蹬着小脚，欢呼自己生得其所：雷锋万岁！婴儿万岁！

在我一岁左右的时候，“学习雷锋”的后半句更成了实用的娃娃成长手册了：“爱憎分明不忘本，立场坚定斗志强。”我在“立场”上摇摇摆摆多次后，跌跌撞撞地就学会了走路。在革命豪情天天高涨的日子里，我自然而然地学会了“立场坚定”地走路。

雷锋那句“把有限的生命投入到无限的为人民服务之中去”的伟大宣言，像一枚婴儿出生时必须打的强身预防针，扎到了我胖乎乎的手臂上。这为我长大后做人、做文、做商，抵制任何“妖魔鬼怪”奠定了基础。

寻找玩具娃娃

一天晚上，我家附近的一个高音喇叭播送着国庆游行的实况新闻，幼小的我，穿着开裆花裤，心潮澎湃地在国庆游行队伍里跑来跑去。小孩子都有“人来疯”偏好。那时的大环境风风火火，小孩子自然也跟着神魂颠倒。

人们忙于斗争和运动，政治气氛变得日益高涨。一个晚上，小伢儿的我也像“神经错乱”的走资派那样出现“幻觉”：我梦见自己拥有一个会说会唱的娃娃。她会笑会哭，就像真的娃娃一样。第二天，在家的每个角落，我拼命地找起如此生动的娃娃来。我持之以恒地找了几个星期，却不见可爱娃娃的任何踪影。我失望，于是极其盼望深夜里可以频繁做梦，因为在美梦里，我才能梦见她！

那时候，革命过剩，我家女孩过剩，食物和玩具却奇缺。父母大人忙于政治学习，对于我寻找玩具娃娃的企图根本不当回事。我只记得我家只有几件娃娃家的小餐具，那些逗小宠物叽叽叫的橡皮小鱼、小鸟、小猪等，市场上似乎根本就没有此类玩具。我的小脑袋里装满了“飞过海”的欧美市场上可能看到的玩具。这种幻觉似乎预示着当今许多“中国制造”的玩具一次性充满全球的盛景。

这“幻觉”折磨了我一个月。我哭，我闹，我找。当我和姐姐们牵着手，路过松木场河边，我询问她们是否不小心把娃娃掉到河里了？是否亲朋好友把娃娃借去了？玩具娃娃，我“幻觉”中的玩具娃娃一定落在了某个地方！

娃娃！玩具娃娃！你在哪儿？杭州的山水默默地回音：女孩，请别哭泣，玩具娃娃的时代一定就会来临！

“北风吹”

高音喇叭开始播送高调的样板戏时，我不仅已经能够“立场坚定”地走路了，而且还学会了跳前苏联《天鹅湖》那样“芭蕾中国化”的舞剧《白毛女》选段，“北风吹”。

无产阶级杨白劳的女儿喜儿，家境贫寒，但她纯洁、美丽、勤劳，她宁愿做山洞里的“白毛女”，也不愿做恶霸地主黄世仁的太太、小妾或二奶……总之，她有着美国自由女神的爽气，她有信仰和人格，是我们五姐妹崇拜的优秀贫苦女青年偶像之一。

“学唱样板戏，争做革命人！”每天入睡前，父母和四个姐姐都饶有兴趣地看着我在北风吹的晚上，洗好脚丫子为全家表演节目。在钻入舒软的被窝前，我穿着开裆花裤，踮着左脚尖，抬高右脚，像画报、电影上的喜儿那样，一边跳着，一边唱着：“北风那个吹哟，雪花那个飘……”

不知哪个姐姐接唱道：“北风那个吹哟，裤衩那个露……”

我这才意识到，由于右脚抬得太高，开裆花裤让两腿之间像饺子露了馅……这个优雅的芭蕾动作没有“革命”到底，实在让我痛苦。像丑小鸭那样，在家中的“众目睽睽”之下，我变得灰溜溜，迅速地钻进了被窝……

一肩担尽古今愁

乡下大伯的小儿子和我差不多同岁。那时乡下很穷，仅靠一些工分过活。

某个寒假，父母带着年幼的我去拜访大伯，在那里小住几天。走山路前，大伯把我和表兄放在一对挑米的箩筐里。他把我们放稳妥后，挑起扁担，趁假期农事不忙时，带我们去亲戚家串门。

大伯剪一个平头，年轻蓬勃，像父亲一样帅气。山风徐徐吹来，吹走了世事的艰难。我和表兄分坐在两头的箩筐里，随着大伯挑动中的肩膀有节奏地左右上下抖晃着。表兄比我至少重十斤，大伯经常要调整肩上的担子，以防担子只往表兄那一头倾斜。大伯嘀咕道："男女一碗水端不平呀。"我和表兄既感到坐轿子般的威风，又觉颠簸的不适，咿呀哇啦地叫嚷着要下来自己走路。大伯吓唬我们说："挑去大街，卖掉这对金童玉女……我们要到目的地，哪有不一路颠簸的？"一路上，我们三人闹闹嚷嚷。大伯轻松地走了近二十分钟，一点也没停下来放"轿"休息。

大伯母过世早，大女儿帮着大伯料理家务，却在很年轻的时候过世了。大伯没有再娶，做爹又做娘地养育着五个儿子。我们家经常救济他家。“我们要到目的地，哪有不一路颠簸的？”这句简单的话语，原来可以成为我们人类结束哈姆莱特般“是继续活，还是死”徘徊独白的最好答案。大字不识几个的大伯，有着“一肩担尽古今愁”的悟性。像大伯那样朴实的人，原来就是我们生活中的大师。

长大后，我看到丰子恺的一张叫做“一肩担尽古今愁”的漫画，觉得意境很相似。我还没来得及给他看，“硬汉子”大伯已经劳累得入土安宁了。后来，我每读到或听到“肩上的担子很重”这句比喻时，就有了以上很痛切的联想。

鬼？贼？阶级敌人？

那时，一到晚上父母就到各自的学校去政治学习，跳忠字舞。母亲的学校有一个专门用作开会、学习、跳舞的大教室，离我们当时的两间住房不远，因此我家每天十二小时都是热热闹闹的。

有次我生了感冒后，还经常咳嗽，正在恢复。那晚，父母放下厚实的蚊帐，让我八点就熄灯上床休息，还指定姐姐看护我。姐姐们玩兴甚浓，都在不远处学校的门厅里踢毽子，大约把我忘了。半睡半醒间，突然，我屏住呼吸，从挡灰的厚实蚊帐中隐约望去，窗外朦胧的月光中，一个又高又瘦的人，在家中的角落里正一个个地翻箱子。他搜一会儿，停一会儿，动作很慢。远方绝对没有教堂的钟声，只能隐约听见“大海航行靠舵手，万物生长靠太阳”的语录歌。

偷去吧！偷去吧！偷去吧！我阿五早就不喜欢穿四个姐姐剩下的旧衣服了，像过年那样，这下父母就有理由给我买新衣服了。

一分钟，两分钟……时间漫长地熬过……

这个人究竟是鬼？是贼？还是阶级敌人？ 我一有动静，我的小命可能就没了。可是，我越想屏住呼吸，嗓子越痒得非咳嗽不可。我压抑许久的一连串咳嗽使得床都摇动起来……

“啊！”这个鬼—贼—阶级敌人吓得一声尖叫，拔腿跑出房间，嘴里还喊着：“见鬼了！见鬼了！”

大鬼居然被小鬼的咳嗽吓着了。做贼心虚。

不知过了多久，父母和姐姐终于陆续都回来了！我对他们描绘了当时的情景，他们翻箱倒柜全都检查了一遍，却没见少任何衣物。可能是我家本来就没有什么金银财宝吧。

新衣服梦想的夭折有点令我失望。大搜查后，家人断定我可能是做了噩梦。在贫穷的时代，即便穷鬼碰到穷鬼，也偷不去什么，只有人证，没有物证，也只能当是噩梦吧。奇怪的是，几十年后的今天，我还记得那事，看来应该不是噩梦。

穿林海，跨雪原

“文革”时有一阵子，取自原创长篇小说《林海雪原》的样板戏《智取威虎山》颇为风行。其中有一段风雪群山的舞蹈动作，相当“酷”。在无聊的寒冬春节，我们邻居十几户人家的教师子女计划在我家的饭厅，来一台自编自演的《智取威虎山》“革命文艺”观摩会。

小伙伴们和我分别从家里搞来一条白色的毛毯，用军条带把它绕在头颈上，披在肩上做披风。我们穿着大人的白棉长袜，它们松得容易脱落，我们就用粗棉纱线把它们绕了一层又一层。这样，它们就像由绷带做成的长靴。一出场，坐在板凳上的大人们似乎就在担心我们的小腿怎么集体受伤了，而且还伤得不轻，是否需要解开“绷带”，给我们弄点红药水消毒?

我们集体哼唱起简谱的序曲：“多—米—烧—多！米—来—多！米—来—多！米—来—多！米—来—多—来—多—拉—多……”唱腔和舞步像急驶的北风和飘密的雪花那样，来回好几遍。侦察兵般地巡视房子一圈后，我们回到“林子”正中，集体把双腿往上跳，像少林武功似的将双腿左右尽量伸直成“一”字样，似乎这样一下子就把土匪震得一干二净。这真似“穿林海—跨雪原—气冲霄汉！”

最后，全体在做京剧亮相时，大家眼望的方位正好能看见我家屋梁斜上角吊着的一只火腿——那是我家做了多少的好人好事后，乡下亲戚赠送的几乎一年的肉量供应。我们个个望得精神抖擞，只差口水没流出来。那一晚，这只盐火腿显得和现代吉他那般大。随着我们“京剧亮相”的视线，全体邻居观众也都往那方向瞧。最终，我家的盐火腿出尽了风头！

整个过程，我们表演得就好像去米店打米，望火腿，得油水，“迎来春色换人间”，渴望年年有余的新年好光景！为此，大人们给了我们最“多—来—多”的掌声。假如食物真的能这样被唱跳出来就好了！这样，“米 —烧—多”后，我们还能做炒饭呢。

最后，父亲在“观摩会”结束“致辞”时，也戴上了冬天的大棉帽，结果，大家发现父亲的眉宇神色特别像样板戏《智取威虎山》的主角英雄——杨子荣！

烤“知了”

夏季里，在西边教师宿舍挂着竹帘的门前窗后，我们几家小伙伴常常听到“知了、知了”的叫声 。这些蝉大胆、开窍地在“七嘴八舌”，“百家争鸣”，汇成了夏季校园里的大树交响曲，一曲暑期必不可少的恢宏大合唱。

可是，那些蝉鸣太暴露了。它们即便有千万种悟性、知了，也不应该使用它们的言论自由。

几个调皮的男孩顺着它们的叫声方向，用弹弓打下知了。或者，用附着黑胶的大细竹竿来粘下这些无辜的“知了”。然后，他们在炉子上烧烤知了，做暑假烧烤小聚会。知了叫出最后一声蒙在鼓里的“知了”后，它们无限、无限“透明”的翅膀便在火的煎烤中微微发颤……接着发出身体被烤的奇异的香味，男孩们一人一只地在嘴里吃着知者的肉……

那一年暑假里，我们这排房子的前后园陷入一片沉闷的寂静……没有那些生机勃勃的“知了”、“知了”做背景音乐，我们无知的小孩在午间难以入睡……

斗蟋蟀

斗蟋蟀是那时小男孩喜欢的游戏之一。他们斗蟋蟀的狂热体现在暑期里。他们用水从墙根、草堆里浇出蟋蟀，然后把它们放入小瓷碗里或小玻璃的平坛里养起来。

一家男孩拿着他的蟋蟀和另一家男孩的蟋蟀“决斗”。那些蟋蟀叫几声，给自己壮胆后，就开始扑过去宣战。两方厮杀得很凶，步步在小圈里搏斗，酷似微观的斗牛游戏。在狭小的空间里，落在男孩手心里的小蟋蟀们灵活地跳来蹦起，相持不下，斗争许久，进行着你死我活的斗争。

难怪“阶级斗争要年年讲、月月讲、天天讲”，“窝里斗”这根神经一定要吊起。

“榜样的力量是无穷的”，男孩们对斗蟋蟀的喜爱，一直客串着父母大人们所沉浸的阶级斗争中……

“贵族学校”住校生

1970年我上小学一年级，那时全国高等院校正在招收首批工农兵学员，他们肩负着“上大学，管大学，用毛泽东思想改造大学”的重任。一直到1976年10月粉碎“四人帮”后，工农兵学员才收尾，那时我正好小学毕业。1977年2月后，工农兵大学生完成了持续七年的历史。

从小学时代，我就在杭州市的保俶塔小学“读大学”。保俶塔小学是当时市里小学中最有特色的，学校的围墙周围环绕着各种绿树。它的绿化是当代环保的典范，和现代美国的一些社区大学不分上下。中国的学校一般都有校墙、院墙、住宅区墙，美国的所有校舍都没有围墙，学子的环境是开放的，人们很难找到哪是前门，哪是后门，只找哪个教学楼和行政楼就行。

保叔塔小学的前门靠松牧场那端，人们进来时必经过小传达室，外人进学校都要经传达室检查。进口处的小径两旁是整齐的小灌木丛，传达室的后面有一个小池塘；进来后正中有一个中心大草坪，它是一个被大松树、柳树、小灌木丛自然环绕的植物园式的大草坪。进入靠草坪东边的前门厅，即是三层高的大教学楼的正前门；草坪西边是一排教师平房宿舍。我家在那里住了一些年，那住宅区是学生“ 五··七”劳动后的产物。这西边还是另一处主教学楼的入门。旁边还有一个很大的钢铁塔，和其他玩单杠、栏杆的地方。主教学楼的后面另有大礼堂和田径操场，我们在此开隆重的年度大会，表演文艺节目，开校际运动会，做操。在最靠后门的一小块地方，后来还加了一个校办小工厂，作为勤工俭学、补贴学校基金的场所。

保俶塔小学靠近省人民大会堂、省人民政府，上世纪50年代是仅供省府干部子弟入学的“贵族学校”，后来改造成了公立小学。当北京的中央干部、其他省市的干部到杭州“天堂”来疗养、开会时，“高干”的孩子就被小车接送来上学。有的学生竟然敢顶撞老师说：“我才不怕老师，我爸爸是首长，比你大……”后来，为了破除特殊化，保俶塔小学就成了周边居民的“就地入读学校”。虽然它被改造成一般的公立学校，但它大气的规模和环境都没有变，它的校园规模和绿化水平在杭州乃至全国都独树一帜。后来，我所见到的美国一些没有围墙的小学院也只是这个规模。

上世纪70年代中期，在绿树环绕的大操场，我母亲就和几位住校的老师坚持打太极拳。有时，我们教师子女就在早餐前或课后去跑步，做有氧运动。

负责学校绿化的徐老师是一个文学功底很好的单身汉。后来，我的几个姐姐在高考前就鲁迅的作品还请教过他。改革开始时，他还订阅《人民文学》、《小说月报》等。他向我的父母推荐过好的小说，像蒋子龙的《乔厂长上任记》，我父母读后都很兴奋。我们不知做“苦力”的他是“右派”，被“发派”到这里，还是他自觉自愿来此的。他住在教学主楼一个仅十平方米左右的单间小屋，吃饭就在学校食堂。平时，他架着一副眼镜，不苟言笑，显得有点神秘，令我们住校的几个教师子女敬畏。他经常穿着深海蓝色的中山装，把全部激情投入到园林建设中，仿佛在做古代“自我放逐”、“悠然见南山”的陶渊明。我们几个孩子在校园角落玩耍时，总是看见他在学校某个角落的树枝上修修剪剪，或在哪片草坪上做着什么规划。外在的世俗的待遇、政治运动似乎都离他远去，他在自己周围创造了一片宁心的绿意。只要他自己有心的归属，何妨把整个校园当成自己的大花园？

邻近郊区的农民孩子在暑期和周末悄悄地溜进校园“割羊草”，有时，会割走徐老师辛苦修整的草坪，直待徐老师追赶责骂后他们才学乖。也有时会割走杂草，这倒省了徐老师的心。他们在校墙的某个小角落割草，然后到我们西边教室宿舍的公共水槽来洗刷。在大树底下，他们拿出装有白米饭和绍兴梅干菜（里面或许有五花肉）的午餐铁饭盒，黑白分明，飘来阵阵香味。

我们这些住校教师子女就像生活在一个大植物园里。在那个混乱的政治时代，绿荫给我们的生活增添了很多乐趣，以及自成一体的逍遥、平和的庇护、湿润的慰藉……

叶家的孩子

父亲属兔，母亲属龙，“金龙盘月兔”。他们的星相正，气运顺，自然，好种出好苗，好花结好桃。阿大属龙，阿末属兔，我的父母属相在“五朵金花”上首尾呼应。

“虎生三子，必有一彪”，“五朵金花”（中国某电影名字）和“五女拜寿”（中国某越剧名字）似乎表现如此。父母是孩子王中的教师，拥有五个女儿，自然而然地就比当时的父母、或现在的“一孩”父母在教育上更具有医生般丰富的“临床”经验。就像在人口众多的中国，治疗了十个病人的中国医师会比只治疗了一个病人的美国医生在技艺上高明得多。我的父母被迫培养出现代美国麦当劳快餐连锁系统化的高招。他们必须要把自家的孩子既当女儿养，也当儿子养，“男做女人一世穷，女做男人家道兴”。这样，他们在持之以恒的“女儿经”上才不会后悔。

从20世纪50年代起到90年代初退休前，我的父母一直就是中小学的先进工作者、模范教师（除了“文革”期间）。四个姐姐很小时，家中请过保姆或她们被送到外婆家抚养；我长大后就不见保姆的影了。据母亲回忆：“寄养在农村的大女儿接回杭州上幼儿园时，见了我们就像见到陌生人，根本不喊‘爸’、‘妈’……后来，乡下合作化号称要‘跑步到共产主义’，可那里穷得我们更不敢把二女儿往乡下寄养。后来，在60年代，最小的女儿曾寄养在外婆家。不到七岁的孩子送幼儿园全托，进小学的孩子开始分担家务。几十年来，我们经常吃学校食堂饭，这样大户人家才能撑下来。”父母两个都是全职教师，又有五个孩子，微薄的收入使他们根本无法雇用保姆。很多次，父母甚至还要用牙缝里挤出来的钱资助更贫穷的亲戚。大我五岁以上的姐姐们自然就把姐妹们锻炼成一个团体。她们理所当然地把我当活的娃娃一样带看着长大。

那个时代的革命价值观提倡亲情、爱情疏远法，人们六亲不认，有的孩子还会和“反革命家庭”划清界限；为了保护孩子，有的丈夫和妻子就痛苦地离婚。那时，“天大地大不如党的恩情大，爹亲娘亲不如毛主席亲”；“亲不亲，线上分”。人们只有大公无私，鞠躬尽瘁，才能死得重于泰山。如果不是这些革命的价值观，我的父母为何每年生病时，都坚持天天出勤？为何他们把班上五十多个学生看得比五个女儿更重要？“铁汉子、铁娘子”的父母除了天性中的纯朴、善良，更有着“革命上进心”的重申。那个时代的人不相信佛教、基督教等宗教，最大的精神支柱就是革命：几张先进工作者的奖状。

我的大姐曾是我母亲班上五十多个学生中的一员。那时，经过班上学生举手表决，一致通过我大姐当选班长。这可给我母亲出了难题：到底是学生在奉承班主任老师呢？还是自家优秀的女儿应该当选班长？

她千万不能“搞特殊化”！

据我母亲回忆，一次大姐和班上的男同学推打，母亲在一急之下随手打了她。顿时，大姐大哭大嚷起来：“女孩儿不是人吗？他打我，我还手。我要让他看看我的厉害，教训他以后不要欺负人。哼，你也打人，不像个先进教师，我去找校长告你。”母亲听后觉得大姐的话有道理。母亲不再滥用“孩子王”的权力，以平等的身份作了自我批评。她深知以打骂孩子来代替严格教育是不行的。

有一次，我发高烧四十余摄氏度，红着小脸，躺在家里的小棕绑床上。那时，姐姐们还没放学，母亲带领全班五十多个学生去“平湖秋月”拔草，美化杭州环境……后来，邻居查老师经过我家开窗的地方，正看到我发红的小脸、绝望的眼神，便赶快把发高烧的我送去看义务门诊，并和母亲联系。待妈妈赶到，医生训斥母亲为什么这么迟才赶来。医生说：“你别做了先进，把自家孩子的健康给耽误了！”医生充满现实主义的话，像冷水把母亲的革命浪漫主义献身精神浇了个透。

比比谁的高帽高？

那时，我们教师子女住校生，经常会看到某老师或某邻居的父母戴着高帽去游街批斗。我们天真地想，那些像杭州六和塔、法国埃菲尔铁塔等古塔都是越高越闻名，17世纪欧洲上层社会，男子戴的假发越大地位就越高，那么，批斗中那个戴最高帽的人肯定就最神气！于是，我们排着队，观看着，比较着哪个戴的帽子最高、最威风。看，校长的帽子很高；那个小地主的帽子也差不多……我们几个小伢儿七嘴八舌地交谈着，还跑回家麻利地用废大字报纸做了几个一米多高的圆锥形高帽子。

我来不及找到硬板纸做高帽子，就把家中现成的废竹篓倒过来清洗一下。我用几块木片和棉纱线，把废竹篓艰难地固定到我的头上。

在几个小伢儿中，我们三个人做的帽子高度几乎一样。可是，小玲偏在她糊的硬纸板高帽子上歪斜地写着“六和塔：高60米”，她蹩脚的画技把“六和塔”画得像“冬笋”一样，还声明艺术从来不是按照原尺寸搞的。我被她的高招搞懵了，忙着说：“你的高帽最多只是一节冬笋那么高，我的高帽可是竹破云霄后制成的，它比天高！”

其他的小朋友不乐意了：“你们全耍赖，一个高帽做得像冬笋，一个用废竹篓充高帽；我做的才是正规的硬板纸高帽！”

戴着头上摇晃的“超高”帽子，我们骄傲地奔跑在人群中。

我们看着那些老师、领导顶着用浆糊桶、厕所纸篓制作的沉重高帽，如何“永世抬不起头”。他们低着头、灰溜溜地走过，一举一动充满了痛苦和狼狈。我们发呆了：为什么那个戴最高帽的人反而显得最痛苦，而不是最神气、最快乐呢？

在观看戴高帽的人被批斗游行时，我们的儿童时代也被成人语言、各种政治运动所霸占。我们小朋友之间经常会有这样的对话：

“那个老师平时对我很好的，怎么她的父亲是像《白毛女》里黄世仁那样的恶霸地主呢？在远足郊游时，她还给我们班上学生分糖果呢。”

“记住，你以后千万不要吃阶级敌人的‘糖衣炮弹’，否则，我们不和你玩！”

…………

“我要好好学习，要不老师、同学、家人会给我‘戴帽子’，‘穿小鞋’。”

“‘穿小鞋’是什么意思？”

“‘穿小鞋’就是打击报复的意思。”

“‘打击报复’是什么意思？”

“那可能是‘阶级斗争新动向’吧。”

…………

“我不要穿姐姐剩的旧鞋、‘破鞋’，那要挨整的。”

“那好呀，你有新鞋穿，可做新人了。”

“‘破鞋’究竟是什么呢？”

“就是‘作风不好’吧？”

“‘作风不好’就是调皮捣蛋吗？我以后不再那样了。”

…………

回家后，父母对我们严厉地说：“以后，你们不要去看游街，也不要扔小石头在戴高帽的人身上。否则，你们就像在自己父母身上扔小石头……”后来，我们才懂得不戴任何高帽的人最安枕。戴最高帽者其实最倒霉！

贯彻“54号”文件

勤奋好强的母亲曾回忆道：“在彻底批判修正主义教育路线、停课闹革命的恶劣环境下，我动不动就向子女发脾气，借此发泄。我又再三叮嘱她们在家和工厂好好劳动，不要去斗受审查的人。因为我们大人也弄不懂被批斗人的情况。可是，有人谩骂我，逼我交出区小教联工会的经费，将其作为外出串联的费用。对此，我坚决不同意。我也不愿高喊打倒某某，于是大字报也指向了我……”那时，直率的母亲经常感到心情不愉快，她的情绪影响着全家人。相比之下，父亲倒会采用“高级对策”来暂时调节紧张的斗争情绪。

那时，中国只有星期天为休息日，没有星期六、星期天两天的双休日。我开始学英语时，总是想不通什么叫“weekend”。从星期一到星期六，我们几乎一天到晚在“抓革命，促生产”。看，父亲和牌友们在星期天甚至还不忘“贯彻‘54号’文件”呢。他们的觉悟真是高。

在八小时外，身为美术教师的父亲终于以逍遥一招为一些思维上的“想不通”找到了解脱。本来搞书画、爱篆刻的父亲是“性情中人”，但是反反复复的政治斗争搞得人们心烦意乱。一天，他和几个邻居终于不谋而合地组成集体逍遥游。他们在宿舍楼前的大柳树下，打“小二”

扑克牌。他们彼此大喊大叫，各不相让。由此，他们长期的郁闷得到了自然发泄。“思想斗争”后如此这般的放松休息，似乎使得杭州的山水有了和谐，人和人之间有了和谐，自己和自己有了和谐。

几年中，他们的星期天下午招呼“暗号”就是:“来，贯彻‘54号’文件了！”

那时，我不会打“小二”，一次，我从他们的牌桌旁边经过时，不经意地问了一句:“爸爸，‘小二’比‘黑五类’大吗？”没料到，我语惊四座，牌友们面面相觑。在我幼小的头脑有关政治斗争的想象里是这样的:在南方炎热的春夏周日，地主的儿子牌友梳着长辫子，戴着西瓜帽子，穿着织锦袍子，热得浑身出汗；牌友们个个面容古怪，他们周围的“红桃5”和“方块5”全都成了黑色。结果，我的幻想加上现实，使得扑克一共有“黑四类”，根本没有“红五类”。而他们手头紧握的红“2”也并没有给他们增加多少“士气”，他们看上去很不自信。

这些“臭老九、可疑的台胞、地主的儿子”等等牌友臭味相投，臭臭得正。结果，在嗅觉上，他们和“臭豆腐”一样香。既然他们能煞有介事地搓起五十四张扑克牌，“贯彻‘54号’文件”也就势在必行了。谁敢剥夺他们“改造思想”的权利？

男伢儿女伢儿？

小学二年级的时候，因为我的名字中最末的“男”字，我经常被一些调皮的同学在背后戏说成是“半雌雄”：既是女伢儿，也是男伢儿。

杭州人喜欢把豆芽菜叫做“豆芽儿”，孩子分成“男伢儿”、“女伢儿”。其实，“女儿”和“女伢儿”的称谓听上去依然有点让人觉得男女混淆不清。

一次游戏中，一个男生说：男伢儿站这一边，包括叶冠男；女伢儿站那一边。我一听就火了，责问道：“谁是男伢儿？你证明给我们看看！你的个子没有我们女生高，成绩没有我们女生好。你说话还轻声细语的，谁会相信你是男伢儿？”男生和女生大笑一阵。我的反战宣言把那个小男生说得一愣一愣的。

我找到可怜又壮心不已的当事人父母“讨回人权”：我不能因为是你们五个女儿的老末多多头，不能因为你们的第几次失望就得让我的名字“男”冠“女”戴，被人指指点点。经过家中“政协同意”，父母民主而又“灰溜溜地”取走他们的奢望。他们把我的末字“男”改成“南”，这样，我就从“叶冠男”摇身一变成了“叶冠南”。从此，我无“男”一身轻，耳根清净！

初中时，一个“工农兵大学生”代课老师在点名时，竟把我的“冠”读成“寇”。我又无奈地成了一次“叶寇南”。

后来，我觉得“冠男”听上去挺有“士气”的，像一个威力无限的活广告。我不用怎么着，就“轻而易举”地已经是“冠男”（“男”中的“冠”军）了。就像一些人以“爱国”、“爱兵”的名字来时刻明确地为自己“表态”——这些名字还在“文革”各类政治运动中起到“头盔”一样的保护作用。或许在分数挂帅的高考时代，学生被取名为“高分”也好。我又把“叶冠南”改回到“叶冠男”。

不管如何，在中国的户口簿上，我出生入死的名字应该一直是“叶冠男”。我背负着祖国的希望、父母的重任，一路斗志昂扬地走了这么多年。我暗自就想向父母、世人证明，我“叶冠男”不是白生白养的。

一粒稻穗

在学龄前，我曾住在乡下外婆家一阵子。为了响应“备战、备荒、为人民”的号召，我在那里疯玩，捡山果，帮助年老的外公、外婆做家务。我和当时有点聋哑的表妹一起拾稻穗，做手势，学习写字。

回来准备就读小学时，家人发现我变了：一向爱说话的我也像表妹那样打手势，懒得说话了。我反复地说右眼不舒服，家人拨开我的眼皮却找不到眼毛、沙子等任何杂物。我右眼的不舒服感一阵阵地袭来：一会儿眼泪哗哗地流下来，一会儿右眼又雨后天晴般地清爽，一会儿眼角又感觉到似有小玻璃片刮着的尖利……在一年级的语文课上，当我眨巴着充满泪水的右眼，语文老师竟然以为是她的课上得生动；当她叫我起来朗读课文时，我的灵魂却像出了壳，我的流泪根本与感动不沾边！

这眼病怎么就这么邪乎？母亲带我到门诊部挂号看过几次，医生翻开我的眼皮，根本查不出原因。眼科医生就诊断是眼睛感染，叮嘱我以后务必注意毛巾、手帕的干净，回家点滴金霉素眼膏、消毒眼药水就可以了。可是，我每天早上起床或午睡后，右眼的眼屎很多。就这样，我邪乎地撑了一年。

某天中午，我仰头帮助母亲用衣架晒衣服，一滴刚被滴进的眼药水使我的右眼奇痒难忍。我用食指不断地在眼角搓揉……结果，一粒完整无缺的稻穗竟落在我的右手掌上！

“妈妈！看！”

“天啊！”母亲惊喜地叫喊着。她把爸爸、两个姐姐、中午在家午餐的左邻右舍都叫拢来：“一粒稻穗竟然在冠男右眼角的眼球后面藏了近一年而不发芽！”

我当时似乎应该把那粒小稻穗存起来，当作标本。这标本就像从英雄的脑里、肚里取出残存的弹片，这标本一定比珍珠玛瑙还要精贵。因为那是我——一个“毛主席的好孩子”——响应“备战、备荒、为人民”号召最动人的事迹见证。如果我“高瞻远瞩”地把它保存起来，长大后或许能在仕途上平步青云呢，或许能混个什么仓库部长、后勤部七品芝麻官、稻穗储存官之类的职位。或者，我借机写一篇革命浪漫主义“特异功能”宣传中的“小题大做”：一粒稻穗和八亿人民温饱的关系，就像孩子拾到的一分钱交还警察叔叔，以及拾到一颗螺丝钉去赶超英美。

所有生物大概都是有灵性的。在那革命过剩、物质贫乏的年代，一粒稻穗不存在谷仓里，不长在我的肚里“发芽”。它只适于存在社会的高调里，存在于我的眼睛里。这样，我就不用画饼充饥，可以望梅止渴地“眼瞧着充饥”！

糠饼疗法

我和四个姐姐从小就成了这个有围墙的“大学”住校生。“垒高墙防怪物，不胜五湖四海混朋友”，课余我和几个班委一起筹划各种班级活动，比如书法比赛，文艺节目表演，编办墙报，抄画黑板报。

课外学习小班使我有机会和校外的一些工农家庭的同学们汇在一起。两个农家同学就住在学校附近的一块田野里。离他们家不远处还有几个乞丐的茅屋。一天，我们在其中一个女同学家一起学习。她准备午餐时，我们看到了一大锅青菜和萝卜汤泡饭。

我和其他几个同学惊讶地问：“这是你家的‘猪食’？”

她嘟起小猪一样厚的可爱嘴唇，生气地说：“瞎说，这是我家的‘主食’！我家没有油水。但是，我饿的时候，凭着开胃的酸菜，一连能吃两三碗这样的菜泡饭！”

很久以来，她家六口人就这样吃饭。中国的政治运动依然如火如荼，当时大多数人凭肉票、油票、豆制品票等来定量购买东西，可是，这措施解决不了占世界四分之一人口的大国生计问题。

有一阵子，学校请来近郊贫苦老农（不是当时成千上万吃“猪食”的平民百姓）给学生们做“忆苦思甜”报告。为了让我们这些毛主席的好孩子“不忘阶级苦，牢记血泪仇”，在每个报告之前，学校都要求食堂做几锅糠饼，吃这些糠饼可以让我们体验旧社会劳动人民吃不饱、穿不暖的日子。

食堂里糠饼的香味，遥遥地穿过校园的那一端，飘到各个教室。我们等了又等，望眼欲穿地等着吃这道“免费点心”。食堂炊事员端来糠饼的架势，有点像现在美国圣诞节，超市推销员做广告时，给潜在客户免费品尝小脆饼。

问题是，这糠饼味道香，却让我们难以下咽。有一回，我咬了几口。可是，我实在吞不下最后几口糠饼，就悄悄地把它扔到教室里的小废纸篓了。结果，老师和同校做教师的母亲取得了“内线联系”。回家后，我遭到母亲的一顿训斥：

“你这样做给其他同学造成多少不好的影响！”

“这糠饼好闻，就是难吃。”

“好吃的糠饼哪能使你牢记阶级仇？你白日做梦，以为你在吃新年会餐？”

“旧社会的人那么苦，他们吃那么难以下咽的糠饼啊！妈妈，我真幸运自己没有成为旧社会的鬼。”

过去，中国人吃糠饼的机会很多，所以不用像现在的人这样有计划地吃糠饼来减肥，降低胆固醇。三十年河东，三十年河西，如果富人吃糠饼，那么，穷人就吃大鱼大肉吧。这样，贫富阶级斗争不就自动地熄灭了？

老鼠吃了!

有一阵子，我们这一排教师宿舍平房中有三四只小耗子在十几户人家串来串去。几家邻居决定团结一致，共同对敌。大家买来老鼠夹，准备随时消灭来犯的小老鼠。

为了安全，大人们事先告诉自家的小孩如何把老鼠夹放在某处的具体“军用路线图”。这样，几个邻居小孩和我家姐妹就明确了家中窝藏的糖果、饼干等美食的储存位置。有时，小孩们会互相传授像老鼠那样偷吃的经验：怎么小心地绕过老鼠夹，偷拿点心后在饼干盒外面留点粉末；在花生袋外留点花生壳，以显得凌乱一点……

我的爸爸有胃病，常常在米箱、长竹柜最高架上的隐蔽地方准备一些长条香糕、苏打饼干。这样，他在半夜三更闹胃疼时，可以安慰一下胃。有时放学后，我们几个姐妹也趁机“向老鼠学习，致敬”！

有几次，爸爸纳闷地问我们一两个正在做作业的姐妹：“为什么我们家中的几包点心一下子又吃完了？”

我们异口同声地说：“老鼠吃了！”心里为编造出人类和鼠类两大阶级的生死搏斗而甚感刺激。

“耗子怎么来势如此凶猛？看来，这是一场持久战呀。”爸爸根本不知什么是人民内部矛盾。他自言自语后，又多买回几个老鼠夹，在我们全家布下“天罗地网”。

深夜，我们姐妹偶尔听到爸爸犯胃痛的呻吟声。朦胧中，我们看到他艰难地摸索着“老鼠”吃剩的几许糕饼，心里真是绞痛！父亲以前对我们的“拷问”一定是明知故问。那时，物质匮乏，大家连基本的衣食都难以保障，父母根本不可能提供足够的零食给五个女孩，家家户户“小老鼠”一定更加成群结队……终于，父亲半夜痛苦的“摸索”带给了我们“觉醒”，我们打算默默地给没有人权的老鼠“平反”。我们曾经为此谎言自鸣得意呢。既然社会上的大人们那么相信一些有关走资派、地富反坏右的谣传，我们也可以顺理成章地让他们相信“老鼠吃了点心”的回答。本来，我们以为可以如此浑水摸鱼。可是，父亲因此病倒，养不起我们，我们流离失所怎么办？

爸爸的剃须刀

一阵子，剪纸在中小学生中非常流行。它伴着年画、窗花、福字一起风行。

许多心细的女孩子把父亲超薄的剃须刀片当做刻刀。有时，我们五个姐妹把父亲锋利的剃须刀用钝后又放回父亲的小塑料盒，不知是父亲忙碌还是更在乎孩子的“教育投资”，节俭的他从没为此追根究底。结果，他用我们姐妹刻剪后的“飞快”钝刀再次用来剃须，常常落得个胡子拉碴。

我们顺着剪纸的凸凹线条，用铅笔复制，刻剪后又互相交换各种式样。我们勤快地交换或保存一些动物、样板戏场景、亚非拉人民大团结组图等剪纸式样。这些剪纸艺术逼真地表现了当时的政治风潮。如果五颜六色的蜡光纸不够用，我们就用蜡笔、水粉颜色在白纸上涂抹，以充当蜡光纸。

那时，我们急躁地赶政治时髦，刻剪各种剪纸。但是，要特别有耐力，才能栩栩如生地刻好剪纸。我们只好耐心地用小刻刀在细细的羽毛间、皮毛间进进出出，刻剪出开屏的孔雀羽毛、吃竹子熊猫的密而发亮的毛边……我们要弯弯曲曲地刻掉那些点点小斑，实在是一件很需要耐心的大事。

几次，我用父亲的剃须刀，几处皮毛、羽毛间的小纸屑出不来，结果，这些边缘弄得好像被无情的人类抓拿它们美丽的细毛后而变得粗粗裂裂，很不光滑。如果此时最具绘画秉赋的三姐恰好就在旁边，她会很巧妙地帮我做一些紧急处理，会帮我天衣无缝地掩饰掉这些败笔。有时候，我独自一人碰到两三处败笔，就只好把剪纸卷起来扔掉，然后大哭……只待姐姐们谆谆教诲说：这是基本功，正好磨炼人的耐力；你过不了这关，以后哪能雕刻英雄人物呢？

“既然世上无完美，我们为何还要‘熟能生巧’呢？”为了自尊心，我虽然如此反驳，但是心中依然渴望完美。我对灵活或圆滑的艺术、忍耐的涵养还没有真正开窍。

“雄关漫道真如铁，而今迈步从头越”，我静下心来后，在面前又放了一张新剪纸，准备再“吃二遍苦”。

如今，在美国的家中，我修剪快长到屋顶的深绿水竹的发黄的头夹，就好像当时刻剪熊猫皮毛、孔雀羽毛。我的这份耐心，原来就是小时候刻剪纸时所培养出来的。

一月工资可买几块橡皮？

小时候，许多女孩子很喜欢收集文具：铅笔、钢笔、蜡笔、香橡皮等等。有一阵子，我们班上的几个女同学时兴收集各种香橡皮。香橡皮上面有各种动物图案、花卉图案。它们五颜六色，香味扑鼻，像现代精致的小香水瓶那样诱人。

那阵子，我常把父母给我买方格作业本的零用钱改作买香橡皮，我喜欢把香美的橡皮在铅笔盒里放了一排又一排。母亲知道后"审问"我："你用钱买了香橡皮，那么，你用什么来买作业本？"

我答："我用香橡皮擦净原来用淡铅笔写满的旧作业本，不是又可以在上面重写了吗？再则，那些老师用红钢笔标写的好评语，可以留着，万古流'芳'。那些不好的评语就可以给撕了。在语文本上，对于'抄写一个句子八遍'后的作业，我抹掉七遍，还依然有一遍可留底呢。"

数学老师的母亲说："你用几块新橡皮来换一本旧练习本，这样的回收真是新颖！"

我理直气壮："我多多擦改过去的'错误'，我不更像好孩子、好同志？"

我和另一个女生这样的“理念”在班上盛行一时，几乎所有的女生都加入这项用香橡皮擦净旧作业本回收的“运动”。这样，“工、农、商、学、兵”家庭的孩子和“臭老九”的孩子成了“同一条战壕里的战友”。课间休息时，我们除了跳绳，跳牛皮筋，换糖玻璃纸，互印剪纸，又开始忙于擦净所有旧的练习本。于是，教室的课桌上、地面上“红尘滚滚”着带有香味的橡皮末。它们就像纷纷飘坠的花粉落叶……

爱收集香橡皮的女同学，就像领会了一个本校教师子女从上到下的精神。她们就像开了第五班级“党代会”，落实着香橡皮“收用”双赢的政策；回家后，还向大人重复着同样的“语录”：我们班上“伟大”的冠男教导我们，香橡皮是要这样用的……

有时，姐姐们来不及我那样的“脑筋急转弯”，会有很狼狈的时候。一次，我的大姐打破了热水瓶，她“串通”我们对节俭的父母说：“热水瓶是自己破的。”母亲很策略地问道：“你们有没有烫伤手脚？”大姐脸红得没词接了。

我的三姐从小就很喜欢绘画。几次她却把大人给她买绘画簿、蜡笔的钱拿去买糖吃了。后来，她又向同学借来蜡笔回家画画。一回，三姐在学校操场捡到学校老师的一个月工资，她回家后神色飞扬地向我们描述她拾到一个装有大钱的牛皮信封过程。我们算着这笔大钱，幻想满天的本子、蜡笔、香橡皮从天上飘落下来，就像现在的孩子期盼圣诞老人“粗心”地从鹿车上掉落很多礼物……哪知，她最后“言归正传”地对我们说：“我找到了失主，还给他了。父母不是常说人穷志不短吗？要不人家一个月没有钱用来吃饭，也没有钱买香橡皮、蜡笔了。我也无处可借蜡笔了……”

“文革”与文艺复兴

“文化大革命”有点让人想起与之截然相反的欧洲中世纪的“文艺复兴”。

早在14世纪，欧洲就已强调个性、自由与人权。“文艺复兴”反对封建迷信、天主教神权，跨越了两百年，使欧洲兴起了一场有关艺术、文学、建筑和自然科学各方面的思想文化运动。这是“人类从来没有经历过的最伟大、最进步的变革”，这是人性和灵性的“狂欢节”。

而文明古国的“文革”，却倒退回数百年前的文明荒芜中，人的生命、权利和道德被践踏：对领袖集权狂热膜拜、同一种族间各派别抄家揪斗、亲友好友间的窝里斗。愚昧替代智慧，盲目替代信仰，贫困替代富裕，一统替代独立，粗俗替代高雅。伟大的文学家、艺术家、科学家只好闭嘴，休笔，改造，自杀，甚至要去坐牢。平庸的凡人是一堆填鸭，他们只需贯彻方针，跟从大众，得过且过地度日。

“文革”带来了半导体收音机里不停播放的八大京剧样板戏，带来了革命的美术和各种歌舞的“群众文艺”。“红小兵”、“红卫兵”学生们参加政治学习，抄家，揪斗。他们唱歌，跳舞，写“大字报”，学工，学农，学军……整个国家就这样“革命浪漫主义”了整十年。

我在小学时，南京红小兵艺术团在各大城市巡回演出。我们红小兵天真的革命热情更加被激发起来，那时的狂热有点像后来我们对美国杨百翰大学的首次访华巡回演出。它们传播文艺的功效和现代钢琴、小提琴、扬琴、二胡等的世界巡回演出一样令人振奋。从那以后，全国各地的青少年对舞蹈、乐器、绘画更加疯狂起来。

那时，作为中学美术教师的父亲曾为一些中学的校门口画过巨幅油画“毛主席去安源”；大姐刻革命剪纸，在被窝里打着手电筒偷读世界名著；二姐学会小提琴曲，“千年的铁树开了花，万年的枯树发了芽，发了芽”，学说革命英语（她后来在美国二十多年与“美帝国主义”交谈大多靠那时自学成才的功底）；三姐学画革命画，练革命样板戏钢笔行书字帖，她学跳革命芭蕾舞“小红参加了红卫兵”（不过，她现在热衷于跳健美拉丁舞）；四姐学唱革命咏叹调——样板戏，学写革命书法；我也在校文艺队跳少儿集体舞蹈“我爱北京天安门”，拉革命的二胡，我还负责编辑班级的墙报、黑板报；……

南京红小兵艺术团的小朋友本事真大，他们从小练就“革命文艺”的本事。他们表演古筝独奏、二胡独奏、弦乐合奏。这样的“群众文艺”，替代了欧洲的达·芬奇、米开朗琪罗的绘画、雕刻……当时，我们不知道文艺复兴，不认识贝多芬、莫扎特，这又怎么样？我们梦想能像天才艺术家那样风光，却绝对要世俗地长寿。

他们跳藏族洗衣歌舞：“嗨，是谁帮咱得解放？是谁帮咱修公路、架桥梁？……”那“洗衣歌”听起来真优美。几年后，大姐做工农兵大专生后，和几个女友不知从哪里借来一组民族服装，还在我家附近拍了一组艺术黑白照。那时，中国还没有彩照。这组黑白照依然让人过瘾。我也穿戴如藏人，穿上那镶嵌彩虹花条兜的裙子，很漂亮地献上洁白的哈达。

假如我们生在欧洲的中世纪，假如我们像米开朗琪罗那样相信宗教，是否我们也能创造出那样美好的个体、神灵雕刻、宗教主题的油画？古时，我们的匠人去修筑长城，去建造集权陵园，皇上哪顾得上卑微渺小的臣民？在欧洲博物馆，宗教艺术、灵性的个体足以取代现实。我们却是以封建的世俗崇拜、政治宣传取代现实。我们的那些革命油画、“批林批孔”的宣传漫画、石雕作品，充满着政治的俗性，没有永恒的雅性。它们在世界艺术史上很难成为气候，绝对不是文艺复兴式的永恒艺术。

《卖花姑娘》

上小学时有一阵子，朝鲜电影《卖花姑娘》特别风行。在露天电影场，人们在衣袋里叠放着两三块手帕，坐在一排排石板凳上观看。

已经看过电影的女生事先告诉我们说："至少要带上两三块手帕！"她当时狼狈得把戴在袖扣上防脏的袖套、扎在马尾巴头发上的漂亮丝绸巾都解下来当手帕用。她建议大家最好带上家中父兄用的那种擦鼻涕的、足够铺在茶几上当小桌布的大男人手帕，到时哭起来，这些大手帕就能帮助观众抵挡一会儿。那时，市场上根本没有一次性的卫生纸、餐巾纸，手帕不仅用来擦鼻涕，更用来在"忆苦思甜"报告会上或看催泪弹电影、读催泪故事书时擦眼泪。

《卖花姑娘》真是悲惨：20 世纪 30 年代，朝鲜遭受着日本帝国主义的铁蹄侵略和本国地主的残酷剥削。每天清晨，漂亮的姐姐花妮和盲妹顺姬在街上提着花篮，轮流叫喊着"卖花哟，卖花哟"，她们用卖花得来的钱来维持生计，给病重的母亲治病，而地主还不断冷酷地逼租，她们生活在水深火热之中……

这电影催人泪下，让我至少用了两块手帕，它深深地印在我的脑海中。姐姐的好友说我长得有点像影片中的小顺姬，我更觉得此片悲哀了。那时，我正学拉二胡不久，很快记住了那哀怨、动听的电影插曲：

小小姑娘，清早起床，提着花篮上市场……

满满花篮，空空钱袋，不敢回家见爹娘……

初学二胡不久的我就“杀鸡杀鸭”得呜呜咽咽，比旧社会街头卖唱的人拉得更凄惨，更“煽情”。所有走过或来到我家的人，也都会随着我拉的节奏跟唱起来。他们唱后还不停地说：小小姑娘拉着“小小姑娘卖花的歌”，这更让人触景生情、更让人感动了。

现代韩剧都那么容易催泪，哭哭笑笑言情得那么自然而然。其实，这传统由来已久、一脉相承……

那时，电影插曲或革命歌曲都采用简谱，曲子以三拍子、四拍子的居多，比较容易记住。如“东方红，太阳升……”、“革命军人，个个要牢记……”、“学习雷锋好榜样，忠于革命忠于党”等等。那些铿锵有力或悲哀的曲调在政治学习的会前会后被人们月月唱、天天唱，它们比现代卡拉OK歌曲更容易印在人们的脑海里。我不用看这些歌曲的简谱，只要眼睛一闭，就能凑合着拉起二胡。这乐感变得相当的自然。

我们那时还看一些国产片：《地道战》、《地雷战》、《平原游击队》、《闪闪的红星》；“进口”的朝鲜电影有《鲜花盛开的村庄》、《金姬和银姬的命运》、《看不见的战线》等；“进口”的阿尔巴尼亚电影有《第八个是铜像》、《战斗的早晨》等；一些诸如前苏联的《列宁在1918》、

《列宁在十月》，南斯拉夫的《桥》、《瓦尔特保卫萨拉热窝》等等战争电影十分流行。而这些电影里面反法西斯、抗侵略者、打反动敌人的部分十分的精彩、刺激、催泪。当时，人们对革命国际接轨的进口电影有这样的顺口溜："越南电影飞机大炮，朝鲜电影哭哭笑笑，阿尔巴尼亚电影莫名其妙，罗马尼亚电影搂搂抱抱，中国电影，新闻简报。"

当时电影是大众最重要的娱乐活动，正如社会上流行着的顺口溜："金刀子（外科动手术）、红刀子（食品店卖肉）、马票子（放电影）、有路子。"

金鸡独立

由于物质贫乏，有五个孩子的父母从小就“权力下放”，让我们姐妹从小就学会领、帮、带的团体精神。我们发展了一套像麦当劳那样有规格的管理连锁系统，逐步练就了自力更生、吃苦耐劳的基本素质。“男勤耕，女勤织，丰衣又足食”;“勤一勤，不受贫;俭一俭，有吃穿”。父亲弄了一小块“自留地”，种些小葱、辣椒等蔬菜，还有枇杷、葡萄等水果。除了养鸡外，他还带我们去农场的河里捉小河蟹、摸螺蛳，由此把日子过得“精打细算、细水长流”。农贸市场恢复后，父亲还经常从农民那里买来“倒担货”蔬菜，那些蔬菜的价格多半是薄利多销，父亲买回来后把它们再处理。对于干瘪一点的白菜、长豇豆、萝卜，父亲就带领我们腌制成酸菜或泡菜。

冬天里，人们每天起早，骑自行车去买菜。这很不便于大家的生活。我家就时刻响应“备战、备荒、为人民”的号召，自制酸菜……我们在周末买来大捆的大白菜，洗净后在太阳下晒干，然后把它们在大缸里腌制，一层白菜、一层盐巴，用手猛压，或用脚踩，使水分溢出。最后，我们用洗净的几斤重的石头，放在最上面，压紧白菜。白菜在压榨密封后大约一个月就可以吃了。

因为我家大缸的缸口只容得下一只脚踩压，父亲只好用右脚穿着洗净的高脚黑雨鞋后伸进缸内，单脚踩跳几下。后来，我在美国参观农家葡萄酒厂的时候，发现他们也是如此双脚交换着踩葡萄的。他只用右脚单立，滑稽地在做“金鸡独立”，样子像小丑在走高跷，甚至像体操运动员那样在走平衡木……

为了这点小乐趣，我们姐妹争着，嚷着：“爸爸，请让我来一下！请让我来一下！”然后，姐妹 re-mi-fa-sou（大姐已去乡下插队落户）四千金，像美国电影《音乐之声》中的一班孩子那样排着队。我们吹着口哨、等着轮流在大瓷缸上“金鸡独立”一下，炫耀一下自己的特技。

连续几年，每年的冬季至少一次父亲要带领我们姐妹如此“金鸡独立”一下。

每次望着在大缸中“金鸡独立”踩压白菜的父亲，我就好像体验到乱世中百姓生存的艰辛和智慧：多少年了，父亲只骑一辆黑色的不是“永久牌”的自行车，链条脱了，他就耐心地把它装上去，旧得生锈了，他就用沙皮磨光铁锈，再重新涂上一层黑漆，就像回收一件艺术品。他把省下的钱都投入到孩子教育、救济更困难的亲朋好友和同事上。父亲的才气和帅气淹没在几套古板的蓝色卡其布套装里。小翻领、四袋、五扣的中山装是那时权威的男装，中山装上四只突出的衣袋是他的“流动公文包”：上面两袋装着红宝书、中央文件、钢笔、肉票、粮票、肥皂票等；下面两袋装着几颗水果糖、半包“大前门”香烟等等。四只袋子经常被鼓涨得很均匀，一眼望去，精瘦的父亲显得相当“丰满”：有胸又有肚。作为我们大家庭中的“财务大臣”、“外交部长”和“总后勤部长”，他穿着如此“饱满”地金鸡独立，使我们觉得生活似乎也变得“殷实”了不少。

在那一瞬的记忆定格中，父亲忘了一个美术老师东方式的师道尊严，忘了动作上的审美意义。他在林语堂理论中，既懂得了“人生哲学”，又懂得了“人生”。

为了这个大家庭，他一生没有穿过几套上乘衣裤。我坚信，如果他穿上名牌套装，一定会尽显风采。他仅有一件和母亲结婚时购置的黑呢西装，穿上时极有风度，艺术家气质顿时彰显。父亲对于金石书画、棋琴厨艺，样样都在行。他从事中学和大专美术教育工作四十多年，作品屡次获奖，甚至还曾到日本展销……女儿们也从他那儿学会懂得“人生”及“人生必须灵活”的哲学：能上也能下，能屈也能伸，不惊荣和辱，亦女也可男。如果搞篆刻、书画的父亲能画出我们浙江同乡丰子恺那样的漫画，那么这幅“金鸡独立”一定是那个革命时代不应该缺失的一幅。

在那个年代里，人们没有足够的食物，更不要说电子游戏、中国古典文学、欧美名著、出外旅行的长假日……父母在这五个女孩的女儿国中为自尊和生存挣扎着。叶家女儿有着丰富的想象力，“望梅止渴”“画饼充饥”地生活着，想象着。看来想象力在生存的困境中更有可能被激发。平民百姓的生活其实是高于这个主义、那个主义，高于这个运动、那个运动，高于这个理论、那个理论的。

叶家冬天的常备菜之一“酸菜”，像人参一样调养着革命的身心。我们用酸菜来做麻油凉拌酸菜，酸菜丝拌炒红辣椒丝、豆干丝、肉丝（在过节或经济形势提供足够的肉票时），酸菜炒春笋，酸菜炖猪骨头火锅……“金鸡独立”就这样独立出了叶家的部分经济。这“金鸡独立”的体操小乐趣和开胃下饭的酸菜，为我们送走了无数个政治运动火热、经济条件冷寂的寒冬。我们居然吃出了童年，吃出了青春，吃进了大学，还去了北美留学，吃出了“高智商、高情商、高财商”。

几十年过去，中国人口和经济比往昔增长了好几倍，但是，怪病、怪人、怪事、暴死、枪杀等等在全球并不减少。看来，物质富裕并不保证健康、超脱的心境。“会过日子算着吃，不会过日子断着吃。”身为教师的父母一再培养我们自律、勤奋、吃苦、平等的文雅风度。“克己暂时苦，终必得快乐”，父亲在苦境中被激发出来的精明治家能力让我们自力更生，丰衣足食地学会苦中作乐，还免费学会了基本的商业原理。不管我们捡到任何钱物宝物，父母总是要求我们交还学校或找到失主。父母为人师表，在任何情况都是如此。民主、互助的品质比物质富有更重要。后来，大姐工作了，父母就让她救济三姐；二姐工作了，父母就让她救济四姐。父母从困境中教会孩子如何发挥团体精神，这正是现代公司管理的基本精神。

准鸳鸯火锅

改革开放前，南方的住家冬天大多没有暖气设备。那时，几乎所有的地方人们都用煤饼炉子煮饭、做菜、烧热水。每天，我们用好炉子后，用小铁门微微露着小缝地关闭小炉，继续保存着“革命火种”。

运气不好的时候，火彻底灭了，姐妹们就用废大字报、油性的小木屑生火，轮流重新升煤饼炉子。我们用小硬纸板卷成长笛状，一鼓作气地对准火苗吹。不巧，谁倒抽一气，呛得咳嗽不停；有时，谁英雄气长，浩气长存，吹得纸片、木屑、煤饼一起串成一团火，顿时江山火红一片。然后，我们用圆扇来回扇着，弥漫的烟酷似催泪弹把我们弄得“热泪盈眶”。我们永不间断地在心中喊着“星星之火，可以燎原”，这样扩大着红色煤饼根据地。当大部分的黑煤饼也跟着油性木屑一起透红起来时，我们才敢确信火真正生起来了。

我们把小炉子从屋外的小厨房搬到屋内方正的餐桌旁，在炉子上烘暖僵冷的双手，烘熟地瓜，烘香橘子。那时，中国没有资产阶级的香水，煤饼炉子上烤橘子的香味和着舍不得吃的苹果、香蕉的香味，就成了自然的无产阶级香气。

待锅（那时没有电饭煲）煮熟生米时，香喷喷的锅巴就结在锅底下。有时，在结成的糯米锅巴中间，我们放上肉松、油条后卷成饭圈吃，一家几口围着小火炉就像围着野营的篝火。那时，中国没有冰箱，冬天我们就把猪肉骨头、黄豆或猪头中的瘦肉存在大砂锅里，放在阳台上打冻。那时很少有家用火锅，我们就在黑色的大炒锅里，用这些冻肉打底，并不时地加入自制的酸菜、新鲜青菜、萝卜、豆腐等等。不吃辣的人先行，或者我们把不辣的菜单个存放出来。辣酱加入后，“火锅”就显得火燎燎了。“饥不择食，冻不避暖”，在寒冷的冬天里，一家人围着煤饼炉吃“准鸳鸯火锅”，风风火火地唱九州……

大蒜鸡

在几家教师宿舍门前附近，邻居们用一些石头、石板、小木杆搭成小鸡窝,开始饲养起家禽。我家也从菜场买来淡黄色的毛茸茸的小鸡,它们很是可爱，摸上去让人感觉温暖。

我们姐妹把小鸡像小宠物那样养大。通常是父亲把公鸡先宰了变成节日的美食，我们小孩管理下蛋的母鸡。在草堆里，母鸡生下鸡蛋:棕色壳的双黄蛋、软壳蛋、硬壳蛋（在美国，这种棕壳鸡蛋的价格比一般白壳的鸡蛋贵三倍）。我们捡起温热的棕壳鸡蛋，有点像握着冬天里出锅一会儿的水煮蛋，我们享受着丰收的喜悦，用鸡蛋翻新出各种金黄色的香味：荷包蛋、蛋炒饭、水蒸蛋、茶叶蛋、蛋卷、咸鸡蛋……我们不仅学到了饲养“小宠物”的责任感和爱心，也学到了商业的基本投资概念。父母只用了几角、几元钱的小成本，却赢得了我们一家精神上、物质上的大收成。

某年夏季,六只鸡中的一只开始拉稀薄的白屎,无精打采地低着头。“劳动部长”四姐带领我们把黄连素拌入剩菜剩饭给它吃,也不见好转。第二天，另外几只鸡也开始萎靡不振……

平日里，乡下亲戚送的母鸡或我们辛勤养大的下蛋母鸡是“重点保护鸡才”，它们辛勤地下蛋，为叶家提供基本营养保证。那几只从可爱的绒绒黄毛小鸡养大到少有羽毛的“赤膊”公鸡，叫喊太多，干实事太少，只好成为我们在周末或节口餐桌上的新鲜美食。

“瘟鸡事件”威胁了叶家的基本荤食，加快了“自产自销小农经济”的解体。这让我们有点惊慌失措。即使我们成为自学成才的“家禽医生”也不管用。此时，父亲果断地提出了“特殊时期的总路线”：把好鸡、瘟鸡隔离；对病鸡进行药物治理；同时，好鸡也应立即烹调成“大蒜鸡”，或做成酱鸡，以防经济损失。

“来哦，吃大蒜鸡！”父亲饮一小口黄酒，率先提起一块红烧鸡。

喜欢文学的我和喜欢绘画的三姐，有着特别丰富的想象力。我们皱着眉头问：“好吃吗？”

“味道很好，葱、姜和着小半碗大蒜做作料，加入鸡块和菜油爆炒。然后，再加大量绍兴料酒和几瓢酱油，文火慢炖两小时。有大蒜提前消毒，真鲜美！”父亲又提起一小块大蒜鸡，饮了另一小口黄酒，佯作潇洒。

我和三姐鼓足勇气，夹一小块塞进嘴里。我们眼睛一闭，像是尽情享受的样子，很快又把鸡肉全吐出来了：“爸爸，没准这好鸡早已‘精神污染’了。它们的老妈鸡、老爸鸡都有问题了，‘鸡爸反动儿混蛋！’万一，我们这些毛主席的红孩子，吃了这‘精神污染’的鸡，也瘟得‘不幸逝去’呢？我们就死不其所，做不成英雄榜样了。看，我们浑身都起鸡皮疙瘩了！”

“它们没有瘟的迹象，没问题！你们别心理作用了！”父亲辩护道。

好强、精明的父亲似乎不想直面这次“惨重”的经济损失，他以为采用“只进不出”、“一毛不拔”的妙招就不算损失。我们几个小孩轮流游说着父亲倒掉“大蒜鸡”，我们表态道：“我们宁愿做满肚子丝瓜、西红柿的红男绿女，也不开这种大蒜鸡的荤。”

“爸爸，讨饶了，就好比你是老和尚，妈是老尼姑，我们除了做‘红小兵’、‘红卫兵’以外，甘愿做青春期的尼姑。我们不要这‘恶补’，乐得吃素。我们怎能让‘大蒜鸡’落肚？让我们放弃‘大蒜鸡’吧！”

以后的很长一段时间里，当我们叶家女儿在周末、节假日偶尔闻到邻家传来“东坡肉”、“母鸡老汤”的香味，总觉得那些香味是“大蒜鸡”的味。我们想：大家都在忙于革命，谁有时间管理生活必需品的供应？说不定邻家买回来的是哪家肉类加工厂出来的便宜准瘟猪、准瘟鸡呢。再则，那些世界爱情名著、民歌在当时也被批得像黄色毒草似的，差不多也都成消毒过的“大蒜书”了。在那个渴望吃的发育阶段，对“大蒜鸡”、“大蒜书”的倒胃口使我们竟有好长一阵子没有“肉欲”。我们却“都有一颗红亮的心”：我们可以像当时广大的红色少年那样，木然处于“禁欲”的精神状态，可以把所有的爱意压抑、升华，成为隽永的秘密。

前些年禽流感流行时，我不知怎么就联想到“大蒜鸡”。这起因肯定不一样。我那勇敢的父亲当年吃了两块“大蒜‘精神污染’准瘟鸡”后，大概已有很强的免疫力了。

野生动物园

我十岁的时候，十八岁的二姐高中毕业后在工厂做学徒工。那时高考制度还没恢复，她利用一个厂休日，竟然独立地建造出一个从我家简陋的平房前面延伸出去的小厨房。她用青灰砖堆砌成三边，用油毛毡做厨房的屋顶，从此，我们有了和“夹皮沟”平房隔开的厨房。本来，我们的平房够拥挤了，父母的一小间只够放下一张大床、一个写字台、一架缝纫机，外加一块厚实的深色布门帘；外面大一点的屋子足够放下大小两张床，够我们四个女孩合睡。大姐已去农村下乡，后来住校读商业。我们的其他家具，包括五个叠在一起的皮箱和木箱、铁皮热水壶、三个摆在竹架上的印花搪瓷脸盆，外加一个小茶几、一张可仰躺的竹藤椅和椅子、一个用来吃饭又写字的小方正饭桌。急需安静时，我们就轮流在晚休前到父母小屋的大写字台上写字。那时还没有普及电视、电风扇，在南方炎热的夏天里，我们只好开着窗户睡觉……

当时，我们家的居住水平在中小学教师中还算中上。父母若在半夜哼哼哈哈的，需要有当年游击队那样灵敏的水平。有那么一两次，和我年龄相仿的邻家女儿在喊她们的“妈”，我妈正在后间主卧室忙着什么，就应了一声“嗯”。因为隔音效果不佳，有了五个女儿的妈妈竟不觉麻烦，居然还想“领养”另外两个女儿！

偶尔在晚上临睡前，我们居然会发现在白蚊帐上方的屋顶一角、靠着窗户的上方，一只壁虎在爬行！就像美国鬼节的自然装饰，我们的心情极为复杂。我们担惊受怕，想和小动物玩，又不想在晚上顶着壁虎睡觉。最后不知哪位姐姐，大胆地用长竹竿敲打着壁虎的周围，把它赶出开着的窗户。雷雨过后，小青蛙、癞蛤蟆也会从附近某个小水沟蹦出来，蹦到我们屋内的洗脸盆架下。

酷暑的晚上，父亲和邻家的几个大丈夫用厚实的蚊帐当帐篷，在各自家门口搭着小竹床入睡。他们像“看家狗”那样集体“野营”，前门开着通风，水泥地上被洒上水用来降温，只有围墙内的教师宿舍才可能有这种“安全意识”。某个早上，隔壁邻家的一位大丈夫在收拾床单时，居然发现在竹床下有一条小青蛇在爬动！十几户大丈夫在酷暑里“野营”的“雅趣”顿时全消。“野生动物园”（像现代欧美的“Safari”）的臆想很快打消了大丈夫为全家纳凉想出来的念头。

那时，有关英文建筑的词汇，我们只知道“大楼”（building）、“房子”（house）、“房间”（room）。我们的住家大多是直通间夹皮沟：吃喝拉住，甚至烹调全在一起。如此多功能，挡一个屏风就算是有了“隐私”。“客厅”（sitting room/ living room）、“家庭娱乐室”（family room）、“客厅 + 家庭娱乐室”（great room）这些词汇之间有什么区别？“晚餐间”（dining room）和“早餐地”（breakfast area）又有什么区别？我们这些在中国学英文专业的人，真想随便揪一个会讲英文的老外问：你们住房分工这么细干啥？搅得人心烦。

1998年以后，我在美国密歇根州做房地产经纪，我给住过“野生动物园”的中国移民客户“秀”房子。我和客户常想：美国这里两卧室，或三卧室、四卧室……外带两三个浴室、一客厅、一家庭间、一书房、一厨房、两三车库，外加户外草坪等住房，可容纳多少户中国人家？

老北京来的客户说：“这套房够我们原来同一四合院的全体居民住。”

老上海来的客户说：“这套房够我们同一天井的全体居民住。”

刚从国内来的客户说：“我们在国内大小也有两套房：公家给的一套房白住住；处在闹市区的第二套商品房的价格已经一次性付清，价值已经翻了一两倍。不过，我们两套房加起来，还不到这里很多房子的总面积，更没有草坪、车库。我们住在几十层楼上面，就像乘坐在俯瞰成堆水泥森林高楼大厦的热气球上！”

绝对制冷

上世纪六七十年代，大陆市场上几乎没有电风扇、冰箱，因此杭州的酷暑不堪设想。每到夏天，即使深夜开着窗户睡竹席，也很难入睡。当时，绝对制冷有几种方法：放暑假的父母和所在学校的教工帮助邻近郊区农民做“双抢”，这样“与工农结合”可以换回十几个解暑西瓜；父亲骑自行车去宝石路的冷饮店买回奶油棒冰、果汁棒冰或冷冻的糖水；通过学生家长牵线，学校工会争取优惠价格给教师买回几箱汽水。

我们住家旁有一个公用的前后男女蹲式水泥筑成的厕所，屋顶最高处的一截是打通的，如果便秘的人、经期的女士、大肚子孕妇发出痛苦呻吟声，上厕所的男女都听得见。如果一同蹲坑的哪家邻居恰好听到此声，就能向哪家报告。厕所两边都只有半扇水泥门厚实挡着，却让人锻炼出比坐抽水马桶还好的招式。父母打太极拳时，其中的几个动作就很像蹲坑。

夏天里，蹲坑不是一大乐趣。在革命最忙碌之时，学校清洁工因故缺席，半通门的厕所里，成群的苍蝇、蚊子、蛆虫不堪入目。人们蹲在那里，手上忙着打扇，还要不时左右扭动臀部，驱赶心狠手辣的暗蚊子的恶叮。这显然比跳迪斯科的难度大多了。

好胜的“劳碌命”父亲经常吹嘘自己筋骨最硬，早已练就了世界一流“蹲功”：他一边看报，一边蹲坑可达半小时。只有一次例外。在那个盛夏里，高树上知了鸣得热闹，人人烫热得像热锅上的蚂蚁。疲劳的父亲蹲坑时间一久，眼前就冒黑了；邻居程叔叔看到后，立即把爸爸背回家刮痧，擦清凉油。

父亲虚弱地躺在竹椅上好长一段时间后才缓过来。爸爸担心他在邻居中蹲坑的“光辉纪录”因此被“玷污”，逞强地说：“我没事！我没事！”他很感激地对程叔叔说：“多亏你的及时发现，这中暑还真要命呢。要不我掉入蹲坑，真要‘遗臭万年’得不如狗屎堆了。”程叔叔笑着说：“‘纪录’还是你的，别担心！只当我没看见。你们家都是女的，也只有我才合适在男厕所把你背回家。”

以后的暑期里，父亲总要擦好清凉油，嘴含着小粒清凉丸，左手拿着大蒲扇，右手拿着草纸。他如此“全副武装”地奔赴“出口公司”后才能凯旋而归。

我想，现代很多美国人的腿部很容易老化，是否和长期开车，坐抽水马桶有关？他们是否也要骑自行车上班？是否也要从中国引进蹲坑？蹲坑使人每天至少有三十分钟锻炼腿筋骨的时间，还能免掉一些传染病。

那时，家中老小的我有一些夏夜“优惠”：母亲边打竹扇边哄着我睡觉，我把燥热的小手、小腿搭上母亲又冷又滑的手臂和大腿上，身心颇为凉爽。这特殊的亲情效果胜过现在美国别墅的中央空调。

二姐也能在酷暑中人工地“绝对制冷”。她和另一个女徒工管理着工厂的小图书馆，有时，她会从离厂不远的浙江图书馆和工厂的小图书馆借来《福尔摩斯探案记》等侦探小说；有时，她不知从哪里借来手抄本《一只绣花鞋》。燥热的南方夏季晚上没有一丝凉风，下午四点过后，尽管放暑假的孩子们在屋内的水泥地和门外的泥地上洒水，用此降温却也不见效。在满天的星光下，“故事大王”二姐躺在竹躺椅上，扇一把圆竹扇，她的故事就慢慢地起风了：“夜半，黑漆漆的旷野里，野狗每到午夜以后在狂吠，神探福尔摩斯去一个几世纪老的古堡豪宅探案。他一启开门，一对绿眼睛闪出门缝来；在其中一间房的抽屉里，他突然发现一只手；他打开壁橱，一个头骷正瞪着他……”

欧洲探案的故事情节和当时中国“阶级斗争一抓就灵”的政治紧张气氛非常吻合，因为“牛鬼蛇神、地主恶霸、神秘杀手”每天似乎就生活在我们的周围，我们非要揪出他们来不可！

人人听得毛骨悚然，汗毛竖起，神奇的制冷效果就产生了……纳凉的三个妹妹“颤冷”得心甘情愿。我们乘着“颤冷”未尽，一进闷热的小屋倒头就睡。

一块手表

在“文革”十年中，人们不断地禁欲，斗争。英雄被宣传得个个是素心素面素什锦，个个都像贞女、太监。人们穿戴“绿色的军装”或深“蓝色的多瑙河”中山装，甚至买一些生活日常品时都会觉得奢侈，摆小资的架子。

二姐在厂里做徒工一年后，准备去买一块普通的手表。当时，手表的价值几乎是一个月的工资，父亲反对她买手表。既然“英雄”和贫穷的中国人很少这么做，戴手表的人就显得“不合时宜”。为了买表的事，二姐和父亲争执了好几天。

几十年后的今天，在互联网上，我才知道我们学习的榜样雷锋也曾戴过手表。网上说，“雷锋生前曾经骑过摩托车，穿过皮夹克，戴过手表……”上世纪60年代的他也知道生活的品位和伦理、道德不是一回事。电脑屏幕仿佛又飘来了那时革命名义下的烟雾。我读小学时，某天晚饭后，正拿出课本，准备用林彪做主语造句。父亲点着课本最前面林彪穿着军装、拿着红宝书、和毛主席走在一起的照片说：“这次你不要用林彪做主语写赞扬他的句子，他出事了！”后来，我们经常能听到从上到下、从左到右、邻居熟人谁出事、谁被揪倒的消息。

最后，终于，北京传来消息：“四人帮”揪出来了！大人们，更不用说血气方刚的青少年们，从小就和着八亿人民在一个迷宫里转悠、打糊涂圈。那时，大多数无权无力的中国人仿佛是一群痛苦、茫然的无头苍蝇。

学英语

小学五年级的时候，我们有了英语课。我小学的英文课高老师，也和我的二姐那样，跟收音机自学“革命英语”。那时，电台经常先教听众几句口号，如“毛主席万岁”“外语是人生斗争的一种武器”等，然后就教授像《半夜鸡叫》那类的故事。

选自高玉宝的自传体故事有趣极了：地主“周扒皮”不仅会“剥蒜、剥削、剥人”，更会“扒皮”。他“扒”掉长工的“皮”后还浑身是胆。本来鸡叫一声天下白，可是为了让长工起早多干活，他半夜三更偏偏创造了“吉尼斯纪录”：鸡叫一声天下“黑”！这比美国鬼节场景更阴森可怕。长工常常在天没亮前就去地里干农活。被骗了几次后，高玉宝和长工终于在一个深夜看到了地主的秘密。当地主在鸡窝旁装公鸡叫的时候，他们联合起来，拿着长棍喊道：“Stop thief（抓贼）！！”“Stop thief！！！”

有几次，哪家收音机里突然传来了这句英语喊叫。惊心动魄的叫声令我吓了一跳，手臂上的书包也掉落在地，还紧张地看看周围有否像“周扒皮”那样的阶级敌人。我没做贼反倒心虚了。那时的手抄本就有描写衣柜的长镜子里照现出对面床底下躲着的贼或阶级敌人的恐怖故事，或描述夏天的深夜里，哪个二楼的窗台上掉落一双脚……

那些“半夜鸡叫”故事早就在革命市场中“多媒体化”了：单行本、动画片、中文教科书、半导体英文广播教材……应有尽有。久而久之的强化洗脑后，我们就觉得这些中国故事比英国“旧社会”苦命儿作家狄更斯的故事（没有足够的革命市场化）更具幽默感。上大学甚至在美国读研究生课程时，我读遍了狄更斯英文版的《艰难时世》、《雾都孤儿》、《双城记》等作品，却已记不得其中的细节了。相比之下，我对《半夜鸡叫》这类故事的情节倒是记忆犹新。

英语课上，除了一些口号和惊心动魄的阶级故事，我们还学习一些“学工”、“学农”、“学军”、“拖拉机”之类的英语词汇。我的两个姐姐都先后下乡插队，干过农活，她们用中英文说“拖拉机”，难道更能显出革命“知识青年”的样子来？或者有“让世界一片红”的意思？当时，我们背记初中英语课本单词里最长的单词是“无产阶级”、“资产阶级”、“专政”、“革命的”等等。后来初到美国时，一些留学生和美国“资产阶级”说到中国的农民叫“peasants”，美国人不知所云。后来，他们才弄懂“peasants”和“farmers”是同义词，才知道农民的真正意思。看来，我们那时革命的“农民们”白白打倒美帝国资本家了，人家当事人还蒙在鼓里呢。

在当时，要记住长长的英文单词，练习英文“情景对话”显得十分不容易。我们煞费苦心在英文课本后按字母顺序排列的总单词表上，做着各种注解：

在“peasants”旁边写道： 意指“农民”； 音似“扮仁慈”；

在“bourgeoisie”旁边写道：意指“资产阶级”；音似“布衣娃死”；

在“revolutionary”旁边写道：意指“革命的”；音似“来佛鲁迅那雷”；

在“yes”旁边写道：意指“是”；音似“爷死”——我们在旁边用铅笔写后又涂掉，并注解：哪个爷死？千万注意政治影响！……

考试前，同学之间经常就英文单词的拼写、意指和音似三项互考：“‘布衣娃死’是什么？”

“是‘资产阶级’；拼写为‘b-o-u-r-g-e-o-i-s-i-e’。”

后来有人就问：“‘不来电不亮’是什么？”

“不知道。”

“那是‘开关’。”

后来谁又问：“‘外布里是糠’是什么？”

“不知道。”

“笨！那是‘枕头’！”

遥看破布挂前串

“儿多要好的，女多要巧的。”在那个“一粒珍珠不如一粒白米”的物质贫乏年代，“五朵金花”是否只能“阿大着新，阿二着旧，阿三着破，阿四着筋，（阿五着凉）”呢？

服装当然是女孩子在那个“不爱红装爱武装”的时代一个悄然的小资梦想。当时，穿着个性、浓妆艳抹的人们常被批判为财心木郎、流氓阿飞。“肩膀齐，是姐妹”，我们“五朵金花”的身高都在一米六上下。在一架老式缝纫机上，姐妹们衣裤的长、宽、大、小被互相收放几针即可。母亲经常会忙里偷闲，十万火急地缝补棉袄，改造旧衣裤。

旧衣裤传到三姐手里时，经她天才的绘画艺术加工，逐渐形成了“补丁截补丁”花样的“后现代主义”风格。被她精心拼凑成的新旧衣裤“旧貌换新颜，形势一片大好”：从三姐把裤脚由小变大（即从芭蕾舞裤脚的紧身，到军裤大裤脚的宽松，再到时新喇叭裤脚的时髦），把袖子由长变短（即从长袖的严肃到短袖的拘谨，再到无袖的潇洒），把优雅的长裙变成活泼的超短裙，可以看出当时中国形势和“政治气候”的缩涨容忍度。

逐渐地，“大姐脱鞋，二姐有样。大姐做鞋，二姐照样”。“五朵金花”

轮流浪漫地唱着：“小小针线包，革命传家宝，当年红军爬雪山，用它缝棉袄”，用针线细心地缝着在学校做体操后掉下的衣裤纽扣，偶尔也会让母亲和三姐把新旧衣裤在缝纫机上“劳动改造”。

她们就这样刻刻窗剪纸，织织小帘子，改改绿袖子……逐渐成为头脑活络、手脚麻利、嗓门高亢、说话爽朗的“红色娘子军”。“五朵金花”在人群中一站，外人一眼就能认出那个快人快言的女孩一定是叶家的“金花”。“看人看心，听话听音”，“五朵金花”一条根，她们说话就像清香的西湖莼菜上飘几点辣油，清爽又火辣。

“高歌”猛进

英语课高老师长得并不很“高”。他个子适中，留着小平头，戴着一副眼镜，是艰苦朴素的好干部子弟。他是当时踌躇满志的知识青年，讲着很纯正的中英文，显得很大气。平时，他通常换穿着几条补丁摞补丁的蓝色卡其裤，上课时，他背转身在黑板上写英文字时，裤子臀部上两块新深蓝色缝着的补丁，从底面浅蓝的旧裤中整齐地兑现出来。这样，后面的补丁就和他前面膝盖上的两块成斜对称，这使他的卡其裤有点像“后现代主义”风格的水磨牛仔裤。

他的自学成才，以及他在生活上艰苦朴素的作风，让我们小学生对他有种近乎在英文电影《荆棘鸟》中小孩子对牧师的那种精神膜拜。他是乱世中善于自律的优秀青年，高考制度恢复后，听说他考上了浙江师范学院的英语系。

我们班上的几个调皮男生在许多课上大声讲话、捣蛋，颇似1973年以“交白卷”闻名的“白卷英雄”张铁生，准备在知识上交白卷，自我放弃。一次，不知是为了什么事，书生气的高老师被气得满脸煞红，颤抖着声音，蹦出一句强音：“你们真是不如狗屎堆的小丑！”几个小男生被彻底地震住了。

我在四个姐姐的影响下，早已练写书法、中文钢笔字帖、英文圆体等。在高老师教授我们英语之前，我已经开始在“五线谱”似的英文练习本上练写英文圆体。我的四个姐姐已在附近的中学就读，她们的中英文都写得很漂亮，绘画也不错，一直管理着年级或班级的黑板报、墙报。我的英文字体曾多次被高老师当作示范，给全年级他所教的六个英文班上的学生展示。在我的英文作业本上，高老师经常会评语道：“Very good！”女学生崇拜男老师，男学生崇拜女老师，我学英文的劲头更大了。我一直是英文课代表，送英文练习本到办公室的时候，偶尔也会听到高老师办公桌上的小半导体，像“永不消逝的电波”，正在用英语传播革命道理……

课余，我和邻居或几个同学做完作业后串家串校地疯玩。经过二楼六年级教师办公室门前那块黑板报时，有时会看到高老师正背着我们认真地抄写某个栏目。这时，我们小女生就会齐声高喊：“高歌！”然后顿一下。高老师听到他的名字“高歌”时回过头来，我们立即继续喊道：“猛进，勇往直前！”

在“高歌猛进，勇往直前！”这句口号中叫了一下老师的名字，我们满足地一笑而过。为了引起他的注意，引起他的喜欢，我们只有这样“昵称”他，来享受革命路途中的豪放“爱意”。

某个酷暑的夏夜，住在草坪另一端大教学楼（不知是二层还是三层）某个小屋的高老师，一边纳凉一边在学校草坪那边的前门厅拉着手风琴。我们两三个邻家小女孩拿着橘子汁、汽水，把竹席铺放在大草坪上，躺着数天上的星星，免费听着草坪那边高老师的手风琴演奏。

1976年前后，政治气氛逐步宽松，高老师拉的是曾经被禁的“黄色歌曲”。我们几乎是第一次从高老师那里听到用手风琴拉的前苏联民歌是多么地道、优美，《喀秋莎》、《红莓花儿开》……从高老师所讲解的英文里，所拉的手风琴里，我们遥想着天边外西方世界的另一片神奇。我们几个小女孩，就像《城南旧事》的小英子，睁着爱意迷惘的大眼，困惑而略显早熟地瞩望着那个特别的年代中“全世界人民”的私人情感世界……

一个爱情沉醉的夏夜

20世纪90年代，在打开电视机经常可以看到接吻、做爱的美国，我却不时地想起在中国大陆70年代初那个爱情沉醉的夏夜。

也许美国式的自由情爱像一本随处可买到的通俗罗曼司，尽可随看随扔。“甜心”太多也就容易让人起腻了。中国大陆70年代初禁欲时期的爱，却像神秘莫测的哥特式的传奇。它颇令人胆战心惊，却也如嚼橄榄一般令人回味无穷。

70年代初，“文革”还没结束，小说、歌曲等文艺作品只要和“爱情”搭界，就会被批判成“黄色”、“下流”。那时候，我还只是一个瘦小的丑小鸭，一个还和小男生分坐一张桌子的小学生，一个很听话的毛主席“红孩子”。

我不像一些同龄小伙伴，那几个令父母大人摇头叹息的捣蛋鬼。“哎哟哟，玲这女孩怎么搞的，小小的年纪怎么‘沦’成小‘阿飞’了。她把她爸爸工宣队的公章红印油当胭脂涂在脸上，活像公鸡的鸡冠。女孩子这样喜爱打扮，会分散心思，不爱学习，就会没出息。据说她还看过黄色手抄本《少女之心》呢！好好的一个孩子被糟蹋了，可惜呀！”玲就被大家这么议论纷纷。

而另一个比她大一年级的小男生翔则被人背后喊作小“流氓”。他无非就是特别调皮、特别叛逆。在那种气候下，却不知他从哪里弄来一本50年代出版的、纸面发脆变黄的《世界爱情名曲》。大庭广众之下，他用口哨吹着那些曲子,或怪腔怪调地唱出那些词句。大人们都骂他“流里流气”。

其实，外表看来乖乖的我在内心里也渴望着打扮。学校革命文艺汇演时，就像所有排着队等着化妆的同学，我也急切地等着文艺老师给我们梳辫子、扎大红蝴蝶结、涂胭脂、抹口红。那时候，我觉得自己像一个漂亮的小公主，而且那种美丽是无可非议、绝对安全的。我也经常暗暗注意母亲的衣着：夏日里，身为每年“先进工作者”的母亲总穿着一件宽大的纯白短袖和一条盖膝的深蓝裙子。我想妈妈的白皙皮肤要是配上带花的连衣裙一定很漂亮。但是，在我的记忆中，母亲就不曾穿过一条花裙子。

我还觉得，翔所哼的曲调并不难听，可是翔这臭东西怎么会如此胆大包天？他唱的那类东西连大人都觉得非分、羞耻。他的骨子里可能“下流”得无可救药了。那些革命样板戏里的英雄人物，全是放眼全球的孤男寡女；学校里“正派”、“纯洁”的语文老师、数学老师，也都是拖到三十多岁才匆匆忙忙经人介绍，和身份红的“工农兵”男士结婚。在爱和恨、高雅和下流混淆不清的年代，我就这样迷迷糊糊地过着童年。

那时，我家就住在母亲所任教学校的教师宿舍。这排宿舍在主教学楼的西边，是学生走“五七”道路后用课余建造的农房改造成的。宿舍虽简陋，但绿化搞得特别好，到处是绿荫丛丛。教学楼的前后有两个大草坪，校门附近有一个大水塘，校园就像一个大公园。清晨或周末，外人经常进校来打太极拳，跑长跑。那时电视、电扇、电话、空调都不普及，业余生活颇为单调，人们很难打发炎热的夏夜。唯有那些绿树、草坪、野花、野菜给我们带来精神的“绿荫”。我们这些孩子从大树上捉来皮虫喂小鸡，粘来“知了”来玩赏，用水从墙角驱赶出蟋蟀来互斗，还从草地静僻处剪来野菜马兰头，挑净后拌上豆干丝，洒上麻油，做美食吃。

在一个星光璀璨的夏夜，一群年轻人来到了草坪。他们围成一圈，一个小伙子拉起了手风琴，十几个青年男女很和谐地跟唱起来，唱的竟是翔老是挂在嘴里的那些“下流的黄色小调”。躺在草坪另一角的我们几个孩子屏住气，默不作声地望着天上的繁星，任凭心儿无规则地狂跳。手风琴伴奏下唱起来的爱情名曲很有那种围在篝火边的乡村风格：

深深的海洋，你为何不平静？不平静就像我爱人……

田野小河边，红莓花儿开，有一位少年真使我喜爱。可是我不能向他表白，满腹的知心话儿没法讲出来……

人们说你就要离开故乡，要离开热爱你的姑娘，想一想你走后留下的悲伤……

我的心上人坐在我身旁，默默看着我不做声。我想对你讲，但又难为情，多少话儿留在心上。长夜快过去天色蒙蒙亮，衷心祝福你好姑娘，但愿从今后你我永不忘，莫斯科郊外的晚上……

一曲接着一曲，像是吹来原野的疾风，猛烈地吹倒了刻板、僵化的模式；像是流来清冽的甘泉，温柔地浇灌在干枯的心田；像是返回青春的小鸟，缠绵地徘徊在瘫痪的荒原……

那个晚上，青年男女似乎唱遍了世上所有的爱情名曲。我怎么也没料到“黄歌”唱来竟是如此的美丽。它们根本就不是什么低等的东西，我为自己的觉醒而兴奋，也为自己的突变而害怕。唱歌的男女哪来那么大的胆量？数年后长大的我，从历史的结局中才找到了答案。或许是物极必反，大哥大姐们春潮激荡的心房实在是因憋得太久而受不住了。

那一个爱情沉醉的夏夜，那一根温柔激荡的心弦，那一块绿意盎然的草坪，给未来传递着希望。岁月在流逝，太阳下一切正常的、往上发展的心灵，无论如何都依然固执地渴望爱情。

我家平房前，一排纳凉的中老年教师也斗胆跟着青年男女哼唱，有的唱得明朗多情，唱到可以和年轻人对歌的程度。

许久以后，邻居老师们还常滋滋有味地念叨起这些年轻人：“哪里来的这些年轻人呀？”他们的语调并不带有要向管理部门“检举揭发”的严峻。接下来的人便应道：“是呀，运动一个接着一个，我们很久很久没有这样温柔地过日子了。”

小学六年间，经过班会的民主选举，我一直是绘画课代表、英语课代表、“三好学生”和“优秀小干部”。除了学习，我带领一两个同学在课后收集同学来稿，一起抄画黑板报或编办墙报。我在班级里轮换着写文章、绘画、跳舞、唱歌、拉二胡。

同学们都说我和做了我们近五年班主任的吴老师长得有点像：鹰钩高鼻、樱桃小嘴、略显瘦削的脸、比较敏感的神态。吴老师是一个安静内秀的老师。1976年10月粉碎“四人帮”时，她写了一首贺曲，自己作词作曲，在全校大礼堂庆祝表演会上，全班五十个同学一起大合唱，我用清脆的童音在前领唱。我唱道：“扫乌云，阳光灿烂，去妖雾，玉莹澄清，举国上下欢声动……”

已经整整过去了三十年，我现在还会哼唱那个曲调！

我家的“表叔”数不清

要做就做浙江文人

杭州青年文学协会

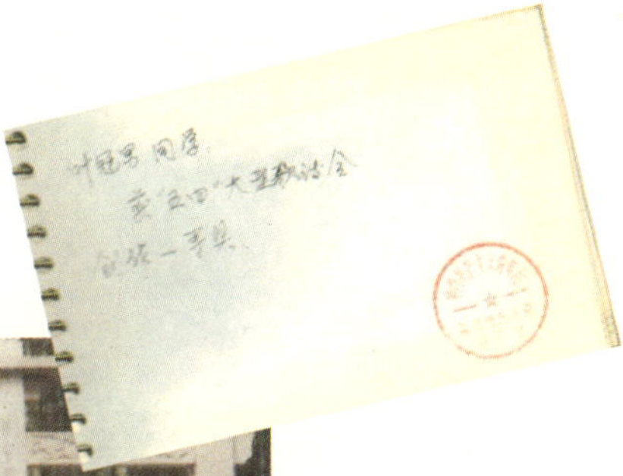

新的“五四运动”

走进大学

学弟马云

我家的“表叔”数不清

我们叶家经常门庭若市：学生的家长、我和四个姐姐的好友、故乡来的亲戚，踏扁了我们狭小住家的门槛。父母待亲戚不分远近，交朋友不分厚薄，他们认为，亲朋好友“是把锯，你有来，我有去”。在不断的高朋满座中，大家只饮家乡的山茶。晚餐时，父亲喜欢请客人喝一点自制的杨梅烧酒。一声“阿叔”、“阿婶”的浓乡浓情叫唤，让父母“忘却”了被借的钱数和物品。叶家的人缘因此源远流长。其实在那个艰苦的时代，叶家为了稍有积蓄，经常自家“量米下锅细打算，常将有时比无时”。

乡下亲戚需求文化咨询、医疗顾问时，就毫无顾忌地往我家暂住，有时老家的陌生人也会把伤残病人往我家抬，理所当然地把我家当作旅馆。然后，父母再将病人安排送至市里的医院。那时，电脑“伊妹儿”不存在，电话不普及，人们根本就没有事先预约的习惯，“一有大事”的亲友、陌生人从老家想来就来。几次，他们开拖拉机到杭州，搬下乡里的小担架，直奔我家。

小担架被搬到我们小客厅的正中，托付给每天在学校全职上班的父母。他们说“村中‘郎中医病，不能医命’，‘赤脚医生’也不可靠”。

“赤脚医生”大部分是略通中医的“知识青年”，其中70%为初高中毕业，甚至有一些是小学毕业。他们掌握一些卫生知识，治疗一些常见病，为产妇接生、控制某些传染病还行，其他麻烦病就拿捏不准了。就这样，他们把全部“人命关天”的责任托付给父母所能代表的医疗条件好的城市“大后方”。“客无亲疏，来者当受”，不管何时何地，我父母都具有样板戏《沙家浜》里阿庆嫂那样的涵养：“来的都是客……”

是呀，大人怎能相信“赤脚医生”？那是我小时候和邻居家小朋友一起玩的娃娃家游戏！我曾经用大白棉毛巾围在身上，充当医生的白大褂，用一根铁丝套在头颈上当作听诊器。我捞几颗黄豆充药丸，掺几滴红墨水在水里充当止咳糖浆，还拿着小树干给别人量体温。最后，我背着手，迈着小方步，装出严肃的样子，诊断道：“你的病是‘赶猫’（感冒）！”一次，我们几个小孩赤脚在校园游玩时，一颗小锈铁钉进入了我的右脚底板，还好没导致破伤风。从此，我就不经常玩“赤脚医生”的游戏了。

做人命关天的医生能这么容易吗？我刚到美国时，听说人家读医学院要花十几万美元，很想不通。医生还没做呢，成本就这么高了。还是中国创新能力强，居然能摸索出一个“赤脚医生”的职业来。

可是，“女儿国”中大家闺秀的生活和学习却因此不时地遭到“突然袭击”，搅得“炕上有病人，地下有愁人”。我们的狭小斗室只好再被分割。晚上和周末，我们到母亲所在学校的教室或母亲的办公室读书、复习。在我读高复班的两年，二姐和我就住在父亲所在学校的美术室后半间“逃难”。我失家园姐失宁静！

偶尔几次，我们姐妹觉得他们是在得寸进尺：因为父母平时乐意助人，很少对“困难户”说一个“不”字。虽然我们的住所不宽敞，虽然父母在校内校外忙得团团转，父母依然盛情款待他们。他们尽心给陌生客人做“好菜好饭”（那时乡下更贫穷），帮他们做一些调养后，然后把他们送至医院。

“沉默啊沉默，不在沉默中爆发，就在沉默中灭亡！”我决定把这些陌生客人“突如其来”的来访“规范化”、“礼仪化”，从而替全家解围。我想出来一个妙招：某个清晨，我越过屏风，有意从他们身边经过，一边梳理着稀散的黄毛小辫子，一边像《红灯记》里李铁梅那样哼唱道：“我家的‘表叔’数不清，没有大事不登门，虽说是，虽说是亲眷又不相认……”

我本想用人为的咳嗽就此打住，让他们听到我委婉的“弦外之音”，没料到他们竟会“无辜”地接唱道：“可他比亲眷还要亲……他们和爹爹都一样，都有一颗——红——亮——的——心！ ei-ei-ei……”加上后面的感叹，“表叔”比我这个小主人居然唱得更神气。我的一片苦心终究没法“挽救革命挽救党”。此后，我家的“表叔”更是“数不清”。

父母一点不欣赏我的“小诡计”，他们认为“表叔”那样的突然求救没法“礼仪化”、“规范化”，否则那些就不是真的“急事”、“困难”。

不管这些“困难”有理还是无理，父母认为帮助“表叔”们是应该的、是不忘本。那时，人们没有“高科技”的联络方式，父母却用原始的精神力量，战胜“突如其来”的压力与困境。他们协助“白衣战士”在城市“大后方”救死扶伤。后来，父母还允许左邻右舍来我家客厅，排队买去价廉物美的山茶、笋干、梅干菜等等——这些土特产本来是“表叔”们带给父母的报恩礼物。这样，父母不仅改善了市场低谷时邻居们的伙食水平，还可以集资帮助“表叔”们买回一些营养补品。这是父母绝妙的“双赢”高招！那时的医院还都是公费医疗，不然，父母那点微薄的工资怎能招架得住昂贵的医疗费呢。

正是父母在学校“教人教心”、在家里“浇菜浇根”的以身作则，使我们在“阶级斗争一抓就灵”的紧张时代，学会了同情、互助。父母认为不知人间冷暖的死读书、对身边时事的不闻不问，都违背了教育的初衷。这就像现在美国人在高中时所强调的学生的志愿活动，或社会上其他慈善活动的理念。父母认为，只会读书的书呆子，同身强力壮但没受过足够教育的人一样，都做不成社会的人才。人品、才学的综合素质决定人们的不同人生轨迹。不管身在何处，不管是不是在高考紧逼的时刻，父母的示范教育教会女儿们先做人，后高考；会做大，并帮小；先救人，再做商；先知人，再做文、做数学、作画……

生病真好

作为家里的老五，在那饥饿的年代，母亲生我时，我可能就先天不足吧 。小时的我面黄肌瘦、好强又经常体力不支。某一年，为了争做初中三好生，我在体育课达标跑步时居然虚脱到晕倒。还有一次，我感冒高烧，却为了不耽误功课而不去看病，后来还因此得了急性胸膜炎，在浙江省中医院住了一个月，反而耽误了功课。高中时，我又一次住进了医院。在紧张的高考竞争中，我的O型血外向个性变得越来越内向、多虑。

生病真好，亲朋好友含而不露的“革命人道主义”就可以变得名正言顺：父母和姐姐就可以抚摸我的额头、脸蛋，看我是否还在发烧；父母和其他亲朋好友可以在医院里碰头，唠叨；学校老师也可以暂时不给我“填鸭”，以免我“呕吐”，被疑为药物副作用；我也可以忘记那些青春期的莫名烦恼，找几本好书，彻底地“好吃懒做”；我还可以借机测试一下，我在这世上是否是一个多余的人……

为了给我尽快治病，父母还会从每月伙食的仔细算计中问我：“明天，从家里做点清蒸鲫鱼汤还是火腿炖笋干？是喝鸡汤还是鸭汤？”我就可以“狮子开大口”地点菜。当时母亲生五个孩子时也没有如此待遇呀。

二十多岁的二姐，背着我到一楼X光室拍胸膜片，这架势就像当年电影《英雄儿女》唱着“烽烟滚滚唱英雄……”的漂亮女主角王芳。二姐在楼梯上穿行，穿着军装很漂亮，就像在救护硝烟弥漫中的伤病员战士，惹来许多发亮的目光。二姐并没有参过军，但那时军装很时髦，比现代好莱坞影星的低胸晚礼服更“高雅、性感”。那是舅舅所在的部队发的多余的军装。

我搭在她肩上的样子更显得惹人同情：我像是羸弱的林妹妹，一个从高考战场中暂退的“伤病员战士”。我为已出落得丰满、美丽的二姐骄傲。我在这想象的戏剧中得到快乐和庄严，忘掉了填鸭的压力和乏味。

生病真好！父母可能想我那么要强，在家又是老末，真是疼都疼不够。况且我在医院里还碰到了善解人意的好医生。他们总在我父母面前夸我，和我开玩笑。

可是，有一天，睡在我右手边床上的一个十九岁的女孩患先天性心脏病死了。在她被抬出去时，我辗转反侧，再也睡不着觉了。这种感觉比美国鬼节寒心多了。我又想到病房的八个女病人，正对面的是二十多岁患红斑狼疮的女士……会不会这屋子病人全是患不治之症的？这屋子的人会不会一个个离去？怪不得父母和医生串通一气故意瞒我！他们答应我的那些丰盛的吃食要求是为了给我圆满的送行？

不行，我还没来得及和班上其他的同学诀别呢，还没来得及像十六岁的刘胡兰那样壮烈地高喊万岁呢！我怎么能这样羸弱地倒在高考断头台上？

…………

医院依然按时送来很好吃的用小铁饭碗装的清香蛋卷、小碗装的炒三鲜等健康美食；我吃完就看文学书；带着对未来的半醒半知，一打盹就睡。就这样，我日日好转。当医生告诉我寒假过后就可以返校了，我这才确认我还能“为人民继续添砖加瓦”，苦度我的火红青春了！

这场病使我对医生更加崇拜，对生命更加珍惜。父母从拮据的家庭账目下，买来几盒杭州产的滋补液“青春宝”，来弥补我的先天不足和发育时的健康。五个女儿，五十个学生，对他们的不停牵挂，就这样带走了父母的岁月。

“文革”后第一届大学生

恢复高考后的七七届、七八届大学生，同学间的年龄跨度很大，应届生会和上山下乡过的大姐以及爸妈似的长辈成为同学。

我大姐是“老三届”，1977年之前上的“工农兵大学生”班。她在老家插队的几年中当过镇上售货员，回城后，在杭州市武林门旁的“红太阳展览馆”做过讲解员。她扎着样板戏《红灯记》中李铁梅的粗长辫子，浅笑时清秀的脸蛋上还露出两个酒窝。她神气地拿着宣讲棒，以极好的记忆力把演讲稿背得滚瓜烂熟。我曾混入来杭州的革命交流访问团，一轮轮听她用宣讲棒讲解，“指点”每间展览室的陈列物，完全沉浸在她革命浪漫主义的演讲中。她讲解完每室的内容时总会说：“下面请跟我走入下个展览室。”这很像早年电影中北京茶馆里说大书的人说的“请听下回分解”，颇吊众人的胃口。

二姐考入了杭大的外语系。在工厂当了近八年徒工的她，在岁数上属中上；在她之上，班里还有其他“大哥”“大姐”；在她之下还有“小鬼”应届生。班上的大哥、大姐，年龄可做班上应届毕业生的父母。

班上四十多岁的林大姐经常对应届生语重心长地说：“孩子……不，小张，你应该努力读书。看，你妈……不，大姐，现在读书多辛苦。

记忆力没你好，时间没你多。如果大姐当初不下乡插队，现在应该是你的妈或你的老师。”林大姐架着一副眼镜，沉稳、干练又体贴。她有一个上小学一年级聪明可爱的儿子。一次儿子跟在林大姐后面去听政治经济学课，因为林大姐课后准备带孩子去医院。大家正襟危坐，听着落实政策后“平反”的教授讲课，课堂一片肃静，教授让大家思考一个深刻的问题：社会主义国家和资本私有制的关系。坐在最后排的林大姐儿子停下涂抹的蜡笔，高高地举起小手。大家的注意力都落在小男孩身上，只见小男孩着急地问道：“老师，我可以出去尿尿吗？”全堂一阵哄笑。

名叫“长命”的四十一岁大哥，原来在钢厂炼钢。他下班休息时唯一的乐趣是研究唐诗，背诵英文词典。十多年来，他一直渴望读大学。他曾经述说过他惊心动魄的生存故事。一次由于他晚上熬夜读书，第二天上班时感觉昏昏欲睡。炼钢时，他一不小心地双脚一滑，落入了热滔滚滚的大火沟……在那即将成为永恒的一秒，一个强烈的声音在呼唤着他：“长命呀，快从左边爬上来！你必须脱离今天的‘炼狱’，你必须读书！”在那生死关头，他终于从左角边找到了攀援处，“冷静”地脱离了“炼狱”。这事故后的第三年，他成了“文革”后第一批“大哥大”大学生。

七七届、七八届的同学经过“文革”的磨炼，生活阅历变得丰富。

他们具有很强的自学、自律能力。在中国的改革开放中，无论是在地球村的哪一个角落，他们大多很能吃苦、奋斗。他们在工作上卖力，自强不息。他们“土插队”、“洋插队”或双插队的能力不是“填鸭”后得来的，而是从家庭的被分离、被迫害中早熟起来的。他们在闹中取静，长年累月地在稻田里、车间里、军队里“修炼”出来一种非凡的耐力。我后来在美国碰到几位双插队的“大哥大”、“大姐”博士教授、工程师、总裁，情不自禁地向他们鞠躬，表示由衷的敬仰。我祝愿经过苦难、死里逃生的他们万寿无疆。他们是命运的主人。

明星梦

年少时，我有一阵子是青春电影的“粉丝”。几次，我都想到上海电影厂的门口每天走几圈，好让导演发现。可是那时我正面对高考，我远在杭州，这只能成为脑子里一闪而过的空想。

和我只有一两岁之差的陈冲曾经让我着迷了一阵，她是大陆的“林青霞”。我几乎看遍她主演的所有影片:《青春》、《小花》、《苏醒》、《海外赤子》……拍片的同时，她还在上海外国语学院英语系学习。她的清新、勤奋、冲劲，以及相仿的年龄和相同的专业，都激起我很大共鸣。那时《大众电影》杂志上有陈冲的相片，相片上，美丽的她在拍片结束后披着灰旧的棉大衣，在学生宿舍复习期末考试，样子就像当年的毛主席在延安窑洞批改文件。她那不夸张的自然表演，来自于这种天然和涵养，以及勇往直前的乐观精神吧。

我“追星”，是追她们的本色。记得陈冲当时在电影中常常是深锁双眉的，她所表现的苦思或幽怨，很能反映我们那个时代中浪漫青春少女的问题。“眉头一皱，计上心来”，陈冲眉头一皱，就显得更加“甜蜜蜜”、“苦茵茵”。那时，我看多了她的影片，不知不觉也喜欢皱眉头。父母和姐姐们会问我有什么心思。陈冲永远属于《青春》中眼睛会说话的哑妹、《小花》中眼睛会焦灼地寻寻觅觅的小花。即便她现在已到了做小花妈的年纪，即便她后来在美国拍了几部好莱坞的影片，我印象中的陈冲依然如江南水乡的出水芙蓉一般，清纯、雅致，且又大家闺秀。她的气质似乎不属于张爱玲笔下小市民群居的故乡，不属于好莱坞夜幕下灯红酒绿、打打闹闹的摄影棚。

我还“追”过林青霞、邓丽君、三毛、梁凤仪等“明星”，我喜欢她们清纯的扮相、表现的亲和力、多才多艺的潜能。她们都是纯朴、灵秀，很少矫揉造作，现在的很多美女、艺术家都不及她们。

走进大学

我的写作和英文成绩自从小学以来一直在班上名列前茅，这样，我顺理成章地进入了高考文科快班。

班主任是上海华师大英语系毕业的赵老师，后来听说她去了澳大利亚。她个子矮小，但长相端正，脸上微带笑容，和蔼可亲。她教学有方，会很动听地为我们朗读英文课本，组织我们进行一些英文背诵比赛，外加很多辅助阅读、练习、托福习题……我们班上一些同学后来考上了北京大学、北京外国语学院、上海外国语学院等等。她经常课外不计报酬地给我们“开小灶”地加班加点，后来成为杭州市英语模范教师。她唤我的名字时，总把“男”(nan)字带上上海口音“nuo”，我听了总觉得像是吃了宁波芝麻汤圆那么香甜、润滑。我特别想听到她在班上说:“这次英文测试，Ye Guannuo 考得最高分。”

高考前全市进行文理高考模拟时，我的总分名列前茅。当时我的目标是上北京大学或上海外国语学院的外语系。然而，不知怎么，在高考的关键时刻，我的总分没有平时的考试那样优秀，我最终没能成为“专职考试能手”。

1981 年的那个夏天，我在火车站送走了两个和我平时成绩不分上下的好朋友，她们一个去了北大英语系，一个去了北外德语系，而我这“有志青年”，几乎是“灰溜溜”地进入了杭州师范学院英语系。我不甘心，为一年只高考一次、不看平时成绩、不看综合素质的高考方式而愤愤不平，但又无能为力。这是我自初中后的第二次“刺激”，但我深信，“天生我材必有用”；“是金子总会发光的”。

1981 年秋，我进入了杭州师范学院英语系。虽然好强的我有点不心甘，但是我又不想为了考重点大学而耽搁一年。谁能保证第二年一定进重点大学？我深信我从小培养起来的中英文、艺术等方面的能力，我从来都是佼佼者，何以从此一蹶不振？

那时，杭州师范学院学生住宿楼里一个长方形的房间里，上下铺能住八个学生。每个铺位上一年四季都挂着厚实的白色蚊帐，既防灰尘、虫类、苍蝇，又使学生有隐私空间。我睡上铺，“能上能下”。对我来说，挂上蚊帐的上铺就像一个作家的小阁楼工作坊。床铺的靠墙一排，我放着字典、书籍、美食罐之类；小台灯则放在我枕头右上角。玫（据说她也是毕业后不久来到美国）是我的下铺。春季时她一个花粉过敏喷嚏有时就会摇动我的上铺，我就像在西湖上的小舟荡漾几下。偶尔我的一句梦话就像闹钟会惊醒她。我们互相“打扰”，却成了晚饭后在校园里散步的朋友。

我们寝室的八个人几乎个个喜欢文学，而且大小都有点多才多艺：有人打排球，擅长长跑，黑板报也出得不错；有人的中英文字写得很漂亮；还有人会拉手风琴，有人喜欢写诗、翻译。而我从小喜欢唱歌、跳舞、绘画、拉二胡等，在大学我更是迷上中外文学阅读和写作。

晚上我们陆续地从图书馆、教室晚自习回来，漱洗后睡觉前，我们碰到一起就会谈谈新闻、文学见解：我们一会儿谈戴厚英的《人啊，人》，一会儿谈奥斯汀的《傲慢与偏见》，一会儿谈《少年维特之烦恼》，一会儿谈尼采的哲学……好像每天都开办着一个读书沙龙，我最喜欢的就是每天这个精神上最放松的时刻。

1978年，中国停止了对“美国之音”的干扰，我们这几届的英文系学生，就是通过收听“美国之音”来了解美国社会、美国文学作品的，同时也练习美国英语发音和听力理解。

每天晚自修时，我们住校生在教室里做完作业，然后就到室外拉长收音机上的天线，收听“美国之音”。“美国之音”向中国广播的有普通话、正规英语和特殊英语广播。特殊英语广播讲得比较慢，冷僻的词汇比较少，非常适合英语初学者。当时，我们的英文听力课由步老师讲授（后来她和儿子来到美国），有时候，她会实录一段“美国之音”新闻，在课上播放一遍后让我们回答她的问题，以此来测试我们是否听懂。

一次，本系一位留长发的高材生，不知摆错了半导体天线，还是有意偷听到了台湾的“自由中国”电台，结果在全系学生政治学习上，被点名批评为“偷听敌台”。据他自己说他几次调错了频道，出于好奇，他就顺着频道听了下去。他的长发似乎更让我们全系师生觉得他“不正经”、“鬼里鬼气”。

后来的一些晚上，校园小径起风的时候，一些学生会拔天线，在黑暗中调清晰频道听“美国之音”。因为过于小心，我们的手会不自觉地发抖，我们生怕因为没有调准频道而被疑为“偷听敌台”。以后我们做其他事情，也开始做双遍检查：双查试卷，双查门窗是否睡前上锁……

1992 年某日的早上 9 点到下午 5 点，我曾经在美国俄亥俄州哥伦布市的一个大旅馆里的会议室参加“美国之音”播音员招聘考试。考试分中英文互译、中英文朗读、英文听力理解。考试之后，“美国之音”中文部的赵女士曾和我面谈过。当年在杭州师范学院的星空之夜，我在校园小径上一边走路锻炼，一边收听过她在美国的播音。对我来说，她颇有魅力的声音似曾相识。

最后，我收到一份肯定我优势、劝我不要放弃希望之类的鼓励信。不久，在华盛顿，我参观了白宫、越战墙、林肯被暗杀的剧院后，还参观了位于独立大街的“美国之音”播音楼。此时我想起自己从收听到考试到参观的经历，不由得感慨万千……

美国文学中的自然主义

一位教育家曾说:"坏的教师断送真理,好的教师则教人发现真理。"在填鸭式文化体系里,我们多么需要这句话!

英语系的"美国文学"由张合珍老师授课。她对美国文学中的自然主义很有研究,在文学评论界的权威杂志上发表过一些相关的研究论文。

张老师布置我们课后去阅读《嘉莉妹妹》、《金银岛》、《了不起的盖茨比》、《老人与海》、《红字》等美国文学经典名作。她让我们预先带着一些问题去有目的地阅读,然后在课堂上提问。她启发性地领我们学生分析主题,评论人物,分章节去寻找答案。我很喜欢这种带着问题的趣味阅读方式。我总是预习得很好,上课发表评论也很自信。有时我举手发言,她就找到了评论的起点,我们之间有点"灵犀相通"的感觉。

受她的影响,我逐步知道了什么叫正宗的美国文学评论。有别于其他干巴的英语词汇学、语法、语体学等,她的课正合我的文学爱好。她的分析入木三分、透彻尽致,相比之下,我以前写的读书笔记就只是内容简介、人物评论、写作特点等,还带点工作报告、斗私日记的遗风，显得比较笼统。

从张老师这里，我开始知道，原来人的本能、欲望等就像大自然的洪水猛兽，属于“自然主义”的表现，而这种“自然主义”并不只属于资本主义的欧美，它是全球人性一种私下的“潜意识”。就像人的原罪，人永远不会完满的，凡人必须承认这种局限。这样说来，社会、百姓都能从人的本能来认识，防止某种欲望的泛滥。这些评论都从自然、人的本能即“本我”来分析，远比“高大全”的“超我”的革命形象论调更真实、更深刻。

《嘉莉妹妹》中的女主人公村姑嘉莉从郊区去芝加哥，然后又去纽约寻求好运。她在两个男人间的周旋、她的奋争手段，和当代中国的“二奶”、“三陪”没太多的本质区别。她的物质美梦、“自然主义”的欲望是全球社会在任何资本积累的时候都可以看到的。

上世纪 90 年代初的冬季，有一天我也像嘉莉妹妹那样手提着箱子去芝加哥近郊打工一星期。我不远万里从中国来到加拿大，又从加拿大来到美国。嘉莉妹妹是资本主义的“ 妹妹”，而我是你的社会主义的“老大姐”！二十六年来，我一直“生在新社会，长在红旗下”，我根正苗红，我不容易，我哪能像你那样被物质主义的欲望惯坏？我要以东方式的“好自然主义”抵制你的“坏自然主义”。我高唱着“人可死去，却不可战胜”的名言，带着“留学打工的日子过去了，芝麻开花的日子还会远吗？”的信念，潇洒走过了那么多年。我在芝加哥附近的美国伊利诺大学（香槟分校）留学，业余打了整三年工，姐姐“我”与你“嘉莉妹妹”，毕竟不是一个阶级档次的。

美国文学中的“自然主义”启发我们，人的欲望与信仰、政党、制度、性别等等并不直接关联，它和人的修养、自律、地位等有关。总统也会性骚扰，高干也会成贪官、花官，牧师也会通奸，然后忏悔。“自然主义”的欲望经常和洁身自好的职业道德相悖，“自然主义”欲望的奴隶不是“高大全”的英雄，他们就是我们同样不完美的、或堕落的人类的一部分。

《老人与海》中说，人类从物质的世界一天天老去，从物质的大海可以经常捕到“大鱼”。物质的世界可以是残酷的洪水猛兽，充满各种金钱、地位的诱惑。但“人虽可死去，却是不可战胜的”，人的崇高的精神（盖世之精华）可以帮助人们从诸多的欲望中升华。由此，人们才可能从大自然中，听到雪莱“西风颂”的呐喊或中国哲学的逍遥解脱，才能从混沌中清楚地听到、看到、悟到……我至今还记得惠特曼的诗句：“每一片草叶都散发着自由、平等的气息……”

张老师迎面走来时，我看她像看解剖学家，对她有点敬畏，怕她逮着我内心的什么“自然主义”欲望。她教会我在文学评论上应该如何从细节下手，怎样“解剖”才能深刻。据说，在“美国文学”课的几次考试中，我是班上唯一得“A”成绩的。

1990年夏，张老师在美国南伊大做完一年访问学者后，曾经旅行去过我留学的大学。她到比较文学系找过我。当时，我暑期在图书馆打工，她给系秘书留了字条和电话号码。我们在电话里交谈过，后来她就回国了。

爱可以是纯粹的

叶东炜老师在英语系讲解“快速阅读”时，选来美国《读者文摘》中的一些好文章。后来，我还把其中一篇翻译成中文，发表在院学生文学刊物上，题目是《倔脾气的老保姆》，故事情节大致是这样的：

一个来自德国的单身女人在美国一个家庭做保姆，与此家庭共同生活四十年，直至去世。她不是黑奴，也不是英雄，却有着永恒的动人之处。她十分节俭地用钱，平时还经常唠叨两个男孩。在她去世后，她那平时“严加防备的箱子静静地立在那里，很奇怪，那箱子竟没上锁”。箱子里，收留着她照料的两个孩子不同年龄时的照片，以及跳绳、结婚请帖、狗颈圈等小物件。当两个由她管教的、已经成家立业的大男人翻到箱底时，发现一只旧皮革钱袋，这钱袋重得难以提起。这是在过去四十年中，她点点滴滴积蓄起来的六千美元，她把这些钱留给了自己照料的这两个孩子……

原来，爱可以是如此纯粹，不分血缘、地位、主义、国籍。爱就是人间真爱，没有条件，没有做“秀”般的牵强。这故事使我联想到艾青的诗《大堰河，我的保姆》：……大堰河，是我的保姆 / 我是地主的儿子 / 也是吃了大堰河的奶而长大了的 / 大堰河的儿子 / 大堰河以养育我而养育她的家/……你用你厚大的手掌把我抱在怀里，抚摸我。”艾青以男人“沉雄、忧郁而感伤”的语调大胆赞美尘世中的博爱。我仿佛又读到了冰心女士爱的新意：“爱在右，同情在左，走在生命路的两旁，随时播种，随时开花，将这一径长途，点缀得香花弥漫，使穿枝拂叶的行人，踏着荆棘，不觉得痛苦，有泪可落，也不是悲凉。”

这故事使我想到美国的一些家庭，付几万美元去领养孤儿院的孩子。我初到美国的时候，也曾经感受到周边的好人好事。当初我问路，陌生人还热心地开车送我回家。我曾在我的《柠檬情》一文提到这种关爱：“一片柠檬，嚼起来酸酸的，含在嘴里却韵味无穷。一个游子独在异乡孤零零的。但当友好的陌生人给她一个小小的帮助，温馨的感觉却常常和着故乡的思念一遍遍地在梦里回味……”

新的“五四运动”

我喜欢“五四”以来徐志摩、汪静之等人的哲理、优美、温馨的诗集，也喜欢英国华斯莱斯、雪莱的一些浪漫派诗人的诗作。在“人整人”的政治运动后，人们渴望着温柔的关爱。“蕙的风”从中国的古典西子湖畔飘来，“再别康桥”从英国剑桥“偶然”流来……

在这些小诗里，我仿佛感觉到又一场追求真善美、民主、科学的“五四运动”。自 1976 年中国粉碎“四人帮”后，“德先生”和“赛先生”再次成为时代的主题：高考的恢复、数理化的强调，使赛先生似乎从摇摆的婴孩迅速被“拔苗助长”起来；“实践是检验真理的唯一标准”，使过去一直像植物人的德先生刚刚苏醒……我也写过一些小诗，也在校报上发表过，后来我的自由体诗“青春三部曲”经同学配音朗读后，还获得了 1984 年全院学生“五四”大型诗歌会一等奖。

对于那些自“文革”以来一直占主导地位的“高大全”革命浪漫主义文学，我们觉得非常讨厌，反而对一些改革文学、探索文学等写实文学非常着迷。

晚上学院有规定的熄灯时间，但我的小台灯夹在厚实蚊帐里最隐蔽的地方，所以在规定时间外，我有时也能多“偷读”几页书。我坚持写读书笔记和日记，每月每周都有计划地阅读一些哲学、心理学、美学图书以及中外文学作品。我每天背英文单词、背唐诗，熟读一些中外著名演讲词等等。大学四年是我畅游书海的黄金时期。

一些再版的外文译作给我们这些封闭了几十年的井底老青蛙、中青蛙、小青蛙打开了一扇窗，向我们展现了天外的世界。我如饥似渴地读着《约翰·克里斯朵夫》、《战争与和平》、《高老头》、《基督山伯爵》、《浮士德》、《傲慢与偏见》等作品，还又借又买《收获》、《当代》、《人民文学》、《译林》、《文学批评》等杂志。

我沉浸于那些不拘泥于某种教条、描写真实、复杂人性的作品中。很多有特色的书越被禁，越多的人被撩拨去买，结果书越被禁越畅销。我记得在上大学心理学课时，老师说："这周的回家作业若是'不要阅读心理学参考书某某页'，你们就肯定都会去读，所以我以后要把最难懂的章节作为'禁读'，这样，你们就能读懂了。"偷吃禁果、偷情、偷读原来都是一回事。

"读得书来当大丘，不耕不种自然收"，看书多了，渐渐地，对一本书的主题、情节发展、人物关系等等就熟门熟路起来。我觉得我也能创作作品了，于是跃跃欲试。

那时，各大学的文学社如雨后春笋般地冒出来，就像现在的校园乐队一样流行。在杭州师范学院，有一本由中文系发起、各系的宣传委员做编辑的四十页左右的文学校刊，叫《春枝》。刊物上的文章，都是被人在钢板上刻成端正的字体，然后去油印的。透过浓浓的油墨味，读了高我几届人写的文章后，我也跟着心动。我试着写了第一篇反映大学生活的小说《天之骄子》，并署名“绿叶”。我生怕被人笑话，害怕那些中文系的人用他们刚学的理论来评论我的作品，于是悄悄把小说稿塞入了学校大食堂一角的投稿小木箱里。

几天后，在英语系的消息栏中我看到一则消息：“请叫‘绿叶’的作者尽快和我联系，八〇届某班张宁。”我找到了张宁，她是英语系的宣传员，也是《春枝》的编委之一。她说《春枝》主编、中文系的某某某找我去改稿。做了几处修改后，我的小说就被刊登了。就这样，我的第一篇小说是在1982年以（外语系）“绿叶”之名刊登的。后来，我大多用真名写作和发表。我一直认为用真名写作是一种文责。我的各类作品后来分别在全院学生征文中获奖。1982到1983年间的几期《春枝》上，我又陆续发表了《淘金》（小说）、《茉莉花》（散文诗）、《信念·生命》（散文诗）等获奖作品。

在大学的最后一年，中文系的陈烟土以及其他系的几位同学，我们一起，编辑了全院大学生文学刊物《繁星》。当时，我们《繁星》的编辑一起搞过一些像全院征文之类的文学社团活动。我的译作《倔脾气的老保姆》、小说《凯侃》、诗作《夜·晨》等等都曾在上面发表。

我的处女作小说《白帆将要远逝的时候》和另一所大学中文系学生的小说，一起被浙江省文学刊物《东海》选为“大学生作品”发表。

我用得到的稿费很过瘾地买回好几套文学丛书、名著等，想来一场文学“扩大再生产”。中文系的励芒伟洋洋洒洒地为我的这篇小说写了评论，我第一次看到科班出身的人评论我的小说，觉得很有意思。

对于文学创作的各种形式，我觉得小说更能完整地表达生活和人性。与小说相比，生活随笔、文化评论又更直接，和读者交流的效果更快捷。有人说：“青年是诗，中年是小说，老年是散文。”我丝毫不觉得文学体裁和人的年龄有关系，而是和人的心境有关系。我经常无拘无束地在几种体裁中写作。

学院征文后的奖品多半是笔记本、影集本、小石膏像或是诗选。1983 年，我得到一本《雪莱抒情诗选》，是人民文学出版社 1958 年第一版，1982 年 11 月北京再次印刷的。这再版，时隔了二十四年。

1985 年夏我毕业留任母校授课之余，与中文系的教师陈烟土、倪忠豪、院刊编辑徐枫、院报主编宋建荣等，在送稿、谈稿时都有过交往。我们多半是谈论一些中外文学阅读上的体会，写稿改稿的经验等。他们在年龄上、经历上要比我高一大截，与他们交往，就像和自己姐姐的交往，我也能借此“道听途说”、“老气横秋”一下。在这种文学经验的分享中，我受益匪浅。

陈烟土早我一年从中文系毕业，后留校做中文系的行政管理。他的名字、穿着、举止皆“土”，“土性人心实”。从学生刊物《繁星》主编到中文系的行政管理，他有足够的耐心、精力、能力来对付琐琐碎碎的人与事。他看上去有拿破仑的雄心，办事很耐得住麻烦，很经得起折腾的样子。我那时在杭州师范学院分部团校的几个系教公共英语，我任教的物理系和中文系都在同一个教学楼。那时，课间路过中文系办公室，碰到陈烟土恰巧有空，我们都会聊上几句。岁月匆匆，过去十年我在美国也在做房地产经纪，据说陈烟土也在中国做房地产事业，还做得很成功。二十多年了，我们失去了联系，却不约而同地做着同一件事情：从谋文学的“道”到谋房产的“道”，真是“读不尽世间书，走不尽天下路”！

激情、生活、创造，是我在校园围墙内读书、教书中所迸发的几点火星。不过，在相信用知识武装起来的人是不可战胜的同时，我隐隐意识到，时代需要的并非是创造力低下的书呆子，在声势浩大的时代面前，我们自身还有许多弱点。

除了教授公共英语，我还担任全院年轻教师会宣传委员，和体育系、美术系等其他系的年轻教师委员组织过书画展、登山活动、舞会等。那时的我单纯、兴趣广泛、不甘平庸，我饶有兴趣地阅读了许多名著、译著，还买来一些“中国文化书院”函授课程的书如“比较文学”、“比较宗教和法律”、“西方文化大纲”、“比较方法论”、“比较史学”等来研读。

我十分渴望变化和深刻。在学院里做“精神贵族”的感觉很不错，我每月的基本工资，以及文章发表后的稿费全部用来买书。我经常在书店流连忘返，并且开始收藏各类书籍，还在笔记本上按英文 26 个字母编目录。我把书按“顺序、书名、作者、出版地、价格、备注”归类编目，一共收藏了三个书柜的书，乐在其中。自从四个姐姐一一出嫁，成为“泼出去的水”，我除了帮助父母做饭外，把所有的时间都放在备课、阅读、写作上。

要做就做浙江文人

在中学和大学时，我已经读了冰心、巴金、曹禺、鲁迅、丁玲、老舍、徐志摩等人的一些作品和其他“五四”诗选集。后来，我在美国伊大做比较文学硕士考试的书目单中，有一本叫做《中国现代作家的浪漫一代》的书，作者是李欧梵，他用英文详细地介绍了“五四”以来中国文学的浪漫传统，书中提及的人物很多和浙江文人有关，我比往日更强烈地感受到“浙江文人占据了中国现代文学的半壁江山”！

读完这本书时，我浑身颤动着惊喜，在日记的扉页上，用酷似血书的红色圆珠笔，雄心壮志地写道：叶冠男，你要做就做浙江文人！这样，你就可以成为一个纯粹的人，一个脱离低级趣味的人，一个有益于人民的人……我已不知自己身处何方，居然将这句话当圣经一样写在醒目位置。在浙江杭州生长了二十六年的我顿悟道：天降我来做浙江文人的！一方水土养一方人，就像德国出产哲学家、音乐家，我应该是浙江文人。我的兔子生肖也说我适合做服装设计师、文学家、画家……爸爸这只老兔做了“书画家”，我原来是命中注定要做“文学家”！既然这样，我认命！几千年来，浙江气候适宜，绿荫丛丛，植物茂盛。浙江水流纵横，人们也因水的活性而变得生动活泼、柔弱灵秀。浙江人以吃稻米为主，因此心灵手巧、细腻涣散。此处，吴越古文化发达，往昔吴越争霸的恩怨都在和谐的山水间一年又一年地淡化。浙江经济条件一直很优越（几千年的茶文化、鱼米之乡、桑蚕业等），人们生活得富裕安逸、衣着无忧。在所有这些天时地利人和下，浙江人有条件感物伤神，以文为重。因而，浙江盛产唠叨的教育家、飘逸的书画家、敏感的作家、浪漫的诗人、遁世的隐士、精明的商人。浙江缺乏勇猛的英雄、激进的政治家或改革家。

我爱浙江，我爱已经入土的浙江文人亡灵！在美国上学，我第一次系统地读了有关徐志摩、郁达夫和其他作家的中英文原作和文献。我翻看他们的作品，就像中医搭脉，一一触摸着他们对于人世的敏锐艺术直觉……

徐志摩（1897—1931）：浙江省峡石人；

戴望舒（1905—1950）：浙江省杭县人；

周树人（1881—1936）：浙江省绍兴人；

艾青（1910—1996）：浙江省金华人；

郁达夫（1896—1945）：浙江省富阳人；

丰子恺（1898—1975）：浙江省崇德（今属桐乡县）人；

张乐平（1910—1992）：浙江省海盐人；

……

这些浙江文人多半留学日本、欧洲，他们回国后再也不能沉溺在往昔浙江人安逸的小乐惠和富裕生活所带来的良好自我感觉中。留学日本的郁达夫感受到了什么是国耻羞辱，在日本学医的鲁迅更知如何严厉地解剖当时中国麻木不仁的国民性，英国康桥归来的徐志摩更是想以“真善美”的主张冲破封建礼教，提倡自由的人权……这些以往软弱的浙江文人，回国后开始阳刚地反叛愚昧无知的舒适，勇敢地呐喊并有志于改革社会。

我喜欢徐志摩的天真、火热及由此而来的纯爱至上。胡适这样评价他：“他从没有疑心，他从不会妒忌，使这些多疑善嫉的人们十分惭愧，又十分羡慕。”只有他这样天性的人才配做抒情诗人，他带着浙江男人的纯情、固执，疯狂地爱着“五四”以来所追求“真善美”的梦境。但是，现实中的林徽音和陆小曼是否值得他如此去疯狂拯救？如果“不知道风是在哪一个方向吹”，我的浙江老兄，请“现实”一点，“科学”一点，千万别放飞自己的“迷醉”和“伤悲”，然后消亡在天空。他不畏伦理道德，不念柴米油盐，为情而生，为情而死，是一个追求爱情真理的纯粹之士。多少美丽、飘逸的中国情诗就此打住了！他的“多情”在沉闷的旧中国由此“激发”出林徽音诗境中的“人间四月天”，这对三人小圈以外的大中国更为振聋发聩。中国封建专制的大男人，尤其是放了小脚的中国新女性，为徐志摩那几近中世纪为爱而决斗的骑士风度、要死要活的痴情感动而泣！

我喜欢戴望舒《雨巷》里的描写：“一个丁香一样结着愁怨的姑娘”

一定要走在“悠长、又寂寥的雨巷”。她必须由善解人意的江南文人来怜香惜玉。小桥流水的精细、山水的清爽才有这种意境和情怀。我喜欢郁达夫的坦率，不过，他写的某些小说是否太赤裸、太自然主义了呢？张乐平的漫画显示出人和自然、人和人、自己和自己的和谐与博爱。这些漫画湿润出一种山水灵性，传递出一种热爱生活的积极态度。“张乐平”名副其实：在他的《三毛流浪记》中，正表达了人们济贫扶正、乐于和平的渴望。丰子恺的漫画则给我们带来“护生、素食”的佛性慈爱。他简单的风景画让我们悟到山水间的哲理。丰子恺和张乐平都超越了两情相悦的男女情感世界。他们的慈父形象和冰心的母爱相吻合，温暖着中国的大千世界。

“绍兴师爷”鲁迅嬉笑怒骂的杂文似乎是浙江文人的一个例外。他一针见血的深刻作品是浙江精细传统所致。这种深刻几近苛刻，不留一点情面，在旧中国，他的杂文、小说一步到位、刻不容缓。通过作品的尖锐性，他把“才子佳人”的社会作用拉到了首位。

是否浙江的灵气只对男人偏爱？缠绵，温情，或深刻，浙江的男文人是否太过“内心世界细腻如女人发丝”？江南是女人的江南呀，相应数量的女文人是否也该同时诞生？浙江多湖，灵性的湖水一定有着古典的柔美，或许欠缺着长江、黄河的豪放和壮美。浙江的才子佳人不能站在长江头放排，不能在海水中弄潮，于是，他们根据联想，把曾经沧海的石头在小巷里铺成青石小路，让人们啪哒作响地踏在上面；他们建造迂回曲折的石径，让人们牵肠挂肚地缠绵；他们精心雕刻“千奇万险”的假山，让人们想象“会当凌绝顶，一览众山小”的悟性……

我是浙江省杭州市人，无论我在中国还是美国，无论我是在几十年前还是在几十年后，无论我写了什么作品，我都骄傲地想：无论在20世纪还是20世纪后，我在某种程度上和浙江的文人同甘共苦着。文化永远有种承继性，像所有的浙江人，我或多或少地被地久天长的浙江灵气所“腌制”、“传染”。我一定要写出好的作品，这样，我才配说我是浙江文人。

学弟马云

大学三年级的时候，我和外语系另外六个同学，经过英语系辅导员的同意，组成了杭州文二路、文三路大学区一带的英语口语速成班。我们选用的主要教材是《新概念英语》。我们把学费的一部分钱给系学生会留作活动经费，另一部分钱算是我们的“外快”。这种提前的实习使我们很兴奋。

马云是八三届的（虽然我们年龄相似），我们八一届的有时在他面前“倚老卖老”。他不是那种死读书的呆子，他精力旺盛，很愿意谈些匠心独运的见解。每侃十句，他可能就产生一个新主意。有时，我们几个人一起在课后谈教学，或是去远郊搞活动。

他喜欢用一口美式英语侃侃而谈，时而闪着调皮、幽默的微笑。他嘴一咧，就更显出他有点凹陷的双颊。他看上去不忧不愁，很是乐观、自信。当时，他给人的感觉有点“海尔马斯”（杭州土话：口若悬河，不知是否脚踏实地）。

当时，我若是知道他是将来“阿里巴巴”的掌门人，热衷于写作的我应该记录下来他的一举一动，这或许能为中国的信息事业做出巨大的贡献呢。这些年，他创立了中国商业网络“阿里巴巴”，他是另一个从杭州师范学院出来能侃能做的拿破仑，一个杭州产的侃爷，一个成功的浙江商人。

2004年还是2005年某个周末的早上，我在美国的家中收看英文节目“Up-Close”。虽然我很喜欢一些央视的节目，却很少有时间每期都看。偏偏从偶尔看到的这一期访谈节目中，我看到了一张近二十年未见的、似曾相识的脸。

我马上翻开杭州师范学院的旧相册，找到一张我们口语速成班七个准教师出外郊游时的相片。没错，就是马云！他还像当时坐在杭州师范学院外语系那些小小的教室里畅谈的样子。访谈中，他有声有色地侃侃而谈，这绝对是马云的风格。

我从互联网上看到，马云曾“笑言自己小学考重点中学考了三次没有考上，大学考了三次才考上了个杭州师范学院”，还说他“三天没有新的想法就难受”。我想起我只有一次没考上重点高中、一次没考上重点大学的经历，一比才知道是小巫见大巫。这真是失败越多，磨难后的成功越大，失败培育“挫折商”。

当凡人看到一个人成功的时候，刹那间，似乎成功者的一切都是神乎其神、完美辉煌的，却没有看到他们摸索、挣扎的一面。今天，马云的演讲之所以动人，是因为他经历了十多年的大起大落，这些创业经历使得他的演讲有血有肉，励志感人。

当代的少男少女们，为一个名校、一个分数就发疯或跳楼，值得吗？人们只有和自己竞争，不断创新、充电，才是生活的常胜将军。一个人考进名校未必就能成材，事业的成功有方方面面的因素。现在的家长和考大学的孩子，大不必为重点学校而费尽心机，真才实学的培养才是根本。

荠菜马兰头，姐嫁后门头

父母终身做着教书育人的园丁，他们深知“弄花一年，看花一日”的短暂性和永恒性，深知身份和职业就是诺言。他们如此持之以恒、无怨无悔地做了一辈子。“五朵金花”的老花、老藤父母鼓励男女都得自强自立，“娘家的饭香，婆家的饭长”，终究还是自家的饭实。“五朵金花”闻名院校，采花“蜜蜂”嗡来嗡去：同学匿名表示、高干子弟探问、父母同事热心张罗…… 就像在电影《五朵金花》中，来者似乎不知道想寻找哪一朵金花，并如愿在蝴蝶泉边相会。父母尊重“五朵金花”的自我选择，主张不高攀、不慕名。“金花”自己寻找合适的人。

那时，《简 · 爱》等一些外国电影被翻译上映，一些人还开玩笑说，“简 · 爱”就是“简简单单的爱情”，却不知道其实是女主人公的名字。它由 19 世纪英国夏氏三姐妹中的夏洛蒂 · 勃朗特所写，反映的是贫穷家庭成长的女家庭教师在罗家的经历。有着富裕疯太太的罗切斯特先生对自己没感情、没健康的婚姻痛苦万分，简 · 爱不顾忌彼此地位的悬殊，不在意他被疯太太放火烧毁庄园后而双目失明的不便，最终与他精神平等地走到一起。在英文原著的结尾，简·爱骄傲地说：“读者，我终于和他结婚了！”在维多利亚时代，在财富森严的门第观念强调下，人们对地位、财产的追求，或对它们鄙视，两种好坏企图混淆在一起，只有当事人自己最明了。我们在《梁祝》里就反对包办婚姻。而在“文革”时，阶级红黑的重新划分使得一些“平等爱情”的结合也相当悲剧，有些也许是为了职位升迁、调离户口等企图。从阶级、教育、家庭等角度看来，不默契的非感情婚姻比比皆是。

20世纪70年代末我大姐结婚的时候，社会上流行的择偶标准是“四个轮子（驾驶员）一把刀（炊事员），革命红旗两边飘（革命军人）”。在嫁妆上人们除了要求崭新的绸缎织锦棉被、床单、鸳鸯枕套、简单的家具以外，还需“四大件”，即“三转（缝纫机／自行车／手表）一响（收音机）”。我大姐偏不喜欢缝纫，也不骑自行车，结果她“只好”坐上火车，踏上革命化婚礼的征途，奔向“革命红旗两边飘”的军官大姐夫。那时，大姐夫所在的部队正从杭州郊区留下镇迁至河南。

按照我大姐夫概括，五个女婿全是“乘龙快婿”（因为妈妈属龙）。四个姐姐依次带回家“姐夫候选人”，还不时让我这小妹妹发表意见。她们大概想从我这“大小孩”的嘴里听到真理，就像《皇帝的新装》里的那个说“皇帝根本没穿衣服”的小孩子。再说“旁观者清”，我的书并没比她们少读。三个姐姐依次插队、当工人，在学业上被耽搁过几年，后来才补上了高等教育。只有四姐和我一直很幸运地没有中断过学业。虽然我和大姐相差几乎整一肖，和四姐也相差五岁，但是她们总会征求我的想法。那些“姐夫候选人”首先要过我的父母关，然后要过我这“大小孩”的直觉关。姐夫候选人首先把父母和我这传话的“小媒婆”先吹捧得“麻酥酥”的，然后才能在追求途中顺当一些。这和“声东击西”、“曲线救国”大概是同一套游击战术，我把他们善意的努力视为当然。可我这个“裁判官”却没有实际经验，小“媒婆”做得有点老三老四而又不三不四。我“严酷”地“审问”道：

——“你能永远忠于我姐？”

“我向毛主席、党中央保证！”

“不可能！毛主席已经逝世；党中央太繁忙，根本没空来照料你的感情。”

——“你能永远爱护我姐？”

“我求菩萨保佑！”

“不可能！我们曾经砸破庙宇，我们中国人曾经不信奉封建主义那一套烧香拜佛。”

——“你能永远善待我姐？”

“我向上帝祈祷！”

“不可能！我们大多中国人从来不上教堂，我们相信《国际歌》所唱：‘从来就没有什么救世主，也不靠神仙皇帝。’”

…………

我以“思想家”的“严谨”和“语言学家”的“精确”对他们“穷追猛打”。我对中国式“世俗”婚姻的拷问比辣椒水还折腾人：

"姐是从小看着我长大的，我的姐姐品学兼优、才貌双全、踏实能干，在世上没挑的。我舍不得姐姐太早离开父母家！"

姐夫们依次忙答："我们的眼光是千真万确的，有你'小人家'点明，我们更是放心。我们坚决响应号召，一定晚婚晚育！"

"你们以后准备要几个孩子？"

姐夫们依次连答："一个、一个，坚决响应计划生育的号召，孩子一直就认你一个小小姨！"

"这还差不多！"从我这"小居委会主人"这里，姐夫们的婚姻在"政审"上基本合格。听说大姐夫的部队还到大姐的工作单位去调查她的政治表现、家庭背景和工作情况呢。我由衷地替大姐骄傲：难道是大姐夫的整个营和你结婚不成？这可比皇后还风光，以后谁也别想欺负我家，我们有整个营做后备力量！以后我和大姐下军棋时就更来劲了，工兵挖地雷等的游戏规则玩得滚瓜烂熟。

在南方荠菜、马兰头等野菜到处可见的春天，我想到了姐姐们依次出嫁的时光。我想到了周作人在《故乡的野菜》中所写的一句话："荠菜、马兰头，姐姐嫁在后门头。"这话听上去很押韵，使我回想起南方春天里姐妹一起的好光景：我们一起扎"蝴蝶结"，摘"荠菜、马兰头"，踢毽子，梳小辫子……

快出嫁的姐姐们，使我想到了小时候她们像梳妆布娃娃那样热心帮助我打扮的一幕。她们没掌握梳子用力的轻重，结果把我的头发梳紧得一拉一拉的，吊得我几根稀散的头发只好怒发冲冠。我干脆哭起来，大喊“不干了”。而那时我偏又急着要去赶课，赶表演，赶去玩。她们帮我梳理得慢吞、彻底，又不让我感觉漂亮。这真让我难受。在冬天的早晨，我学会不依靠她们，学会自己扎头发。有时，我懒惰得就把乱糟糟的头发解散了，戴上一顶毛线帽把乱发遮了就去上学。

待她们出嫁的时候，我依然很书生的样子，帮不上忙打扮她们。不过，她们在任何时候都是淡妆浓抹总相宜的，只在光洁细腻的脸上抹上一点雪花膏，就已经香气扑人、漂亮动人了。她们自己或理发师帮忙梳理发型，刘海儿前还做点化学烫发，这样，头发就没有“爆炸式”的放肆了。她们在弹力须做的超薄棉袄上套上桃红织锦罩衫，显得含蓄、文雅，清纯得像李铁梅和日本影星山口百惠似的。那时，社会上时兴“革命化的婚礼”，或旅行结婚，或在单位发喜糖，喜糖中除了几颗粘牙的淀粉加红糖充数，以上海出产的如大白兔奶糖为主，喜糖吃在亲朋好友的心里，给新娘新郎带回一片未来婚姻生活的甜蜜喜气。或者，邀上亲家、亲朋好友在小餐馆办几桌喜酒：红烧猪蹄、糖醋排骨、虾仁毛豆、西湖醋鱼、海蜇黄瓜凉拌、素炒三鲜、蛋卷粉丝三鲜汤、八宝甜食……既是改善大家伙食的大好时机，也是一些人比赛送礼贺彩、情谊谁轻谁重的大比赛。夫妻交杯，共咬一只苹果；大家酒杯碰撞，闹新房，参观满床大红大绿、终身要盖的鸳鸯戏水绸缎棉被，以及手表、缝纫机、“永久牌”自行车、印花搪瓷脸盆、便盆……这些礼品全部凝聚着父母、兄弟姐妹、三姑六婆、二舅五叔、亲朋好友的情谊。那时，哪有如今这种貌似神不合的西式婚礼？

姐姐、姐夫们说到做到。他们把“号召”全响应完了，得到街道盖章出示婚姻状况证明，然后婚检，经过从老人家到全街道的同意。他们如此筋疲力尽地晚婚晚育了第一个也是唯一的孩子时，平均年龄都已在三十岁上下。他们认真地对待着“一孩”的国策。姐姐们全部以事业为重，晚婚出嫁，娘家人可没有哭得像泪人一样假装舍不得，反而是欢天喜地，高高兴兴。

“女到娘家，脚踏莲花；女到婆家，泪眼婆娑”，周末里，嫁出去的女儿偶尔回娘家，然后姐妹们“高音喇叭”地开成就吹牛大会，叽喳叽喳地还另开小会，彼此“亲姐热妹亲如水，让姐让妹认把嘴”。她们在工作上的摩擦压力、在小家的误会等经过叽喳一疏通后便烟消云散。妈妈有德，女儿也学会贤惠。“亲戚好，在眼前；夫妻好，在百年。”

琼瑶阿姨的言情疗程

台湾的琼瑶阿姨给中国大陆刮来一阵热带岛屿的情感“台风”:《在水一方》、《庭院深深》、《烟雨蒙蒙》、《雁儿在树梢》、《心有千千结》、《聚散两依依》、《彩霞满天》……

这阵“台风”刮得及时:“文革”后，政治运动导致至少十年的情爱荒芜，刚开放时，人们困惑于外来情感的“自由、浪漫、堕落、颓废”，只好从台湾“引进”情感资源。琼瑶阿姨给我们送来了老少皆宜的情感“速效救心丸”，以及服药指导：每月一本，餐前餐后；连看一年，必有收效。天真浪漫“补气”，面对现实“安神”，一切财富、地位、容貌等的身外之物可以考虑“排毒”，有益童话爱情的必会幸福永远……

服“药”后的读者感到了心灵的滋润，痛哭流涕得比政治运动时的忆苦思甜更心甘情愿。读者忘却自己糟糕的婚姻比遗忘雷同的言情小说情节更容易，几十本书中大同小异的成分产生了同样的药物效应，从而成全了大陆人一个完整的情感安抚“疗程”。

大众的心理对琼瑶言情小说经过了如下的认识：从“黄色”、“不好意思”的“春药”到正常地认为它们是男欢女爱的人之常情。读者更多地自己掏钱去买两三本琼瑶“言情指南”小说，既有隐私投资又有和其他亲朋好友交换的可能。当时，人们手拿琼瑶言情小说，就像早年手捧红宝书。尤其那些老知青、中老年工农兵学商，不分年龄、性别，和自己少男少女的孩子们共享爱情温馨、优雅情调。少男少女和老夫老妻以此重振旗鼓，“在婚前婚后都相信爱情”。老头老太老泪纵横，哀叹自己过去没有诗情画意、丰富多彩的情感生活。现代身着西式婚纱、礼服的俊男美女从此浪漫地点缀着中国式的世俗婚礼，才子佳人的婚照摄影艺术日益完善。

在古典、纯情、唯美、浪漫中国迪斯尼版的爱情童话中，几十本的琼瑶小说有着它们的公式。虽然它们的人物、情节雷同，容易混淆，书中所传递的爱情意义却是永恒的，如同迪斯尼乐园的主题精神：博爱，简单，人们可以自在地做出“真善美”的取舍。琼瑶的作品又像英国女作家简·奥斯汀那些古典爱情经典，比如《傲慢与偏见》、《理智与情感》等等。从琼瑶的书中，人们就像听一首古典的钢琴曲，似懂非懂，似今非古，但让人感觉很平和、很人性、很复兴、很超脱……

人们逛着琼瑶阿姨开设的“中国式爱情迪斯尼乐园”，通过阅读，自学成才为多才多艺的能手。人们“一不小心”地成为受东方文化熏陶的“古典诗词鉴赏家”、“爱情心理学家”，用真善美的色彩调好色块，成为琼瑶爱情风景画的欣赏者。

比之那些后现代“一吻二亲三上床”或好莱坞罗曼史电影的速食、

庸俗、色情、暴力，我更喜欢琼瑶阿姨的东方式简单爱情理想。更重要的是，她给我们描绘的情感美景“有位佳人，在水一方”，替代了原来我们中国人政治头脑中有关台湾风景中“有位间谍，依峡观望”的紧张神经。

我阅读了至少一打琼瑶阿姨的言情小说。至今，我早已遗忘或混淆了她故事中的情节，但是这些可读性很强的罗曼史曾不知不觉地消磨过我的很多休闲时间。我经常被她小说中一阵古典温柔所笼罩，就像被西湖飘逸的雾气所湿润。

她的其中一部小说好像是这样开头的：“民国初年 ××× 天，在杭州西子湖的苏堤边……”琼瑶阿姨似乎一下把传统、多情的台湾日月潭和故乡西子湖拉近了。我放下这本一气呵成想看完的小说，倚窗眺望，想象着杭州某位陌生奶奶年轻时曾经的美丽和温柔，感叹着脸上布满酷似树皮年轮多道皱纹的奶奶和她一去又回来的青春和爱情……但愿这个故事不要像《梁山伯与祝英台》、《白蛇传》、《苏小小》那样透露西湖边上断桥、长桥、西泠桥上泣天动地的哀艳。我又遐想着，某天，自己梦中高大英俊、善解人意的白马王子，会如何温情脉脉地飘然而来……

跟着三毛去流浪

1986年前后，在杭州市中心的新华书店，我初次买到"三毛"的《梦里花落知多少》。当时，我想这个笔名叫"三毛"的人和《三毛流浪记》漫画书里的三毛有什么关系呢？原来，这个"三毛"小时候从中国大陆"流浪"到台湾，然后又唱着"橄榄树"，"流浪"到欧美留学。她远嫁西班牙，又客居过非洲，最后又影只形单、身心疲惫地回归台湾。

我一口气读完了三毛的异国散记，在她精练、哲理、文情并茂的文字里享受着她讲述的小故事。它们留给了我很多想象的余地，更是激发了我对天边外的向往，就像我父母之辈对前苏联的那种浪漫情怀。于是，无论是千山万水，还是经济状况、交通状况，都不能阻碍我跟着三毛去做精神上的流浪。对于渴望精神探险的人，从来没有考虑过物质是否充分准备好。只身在外求知、谋生，身心再苦再累也是应该，否则那不叫流浪，不是文化探险！

我又找来她的《撒哈拉的故事》等其他充满浓郁人情味的散文、小说集来读，我和所有"文革"后的"井底之蛙"，都向往像她那样不为生计发愁，背上行装说走就走。能像她那样去世界各地旅行，写下生活感受，一定是够"读万卷书，行万里路"的潇洒。当时，那样的做法对大陆的年轻人几近梦想。

那样对世事无牵无挂、云游天涯的游子哪里找？她在滚滚红尘的台湾也有从大陆去的父母，也有因故而亡的西班牙籍潜水员丈夫，也有生老病死的纠缠，也有做不上母亲的失落……生命永远有着所不能承受之重，她从小就像《三毛流浪记》里的三毛一样渴望找到自己的“家园”。

1991 年她的自杀曾经令我压抑了好几年。后来，我读到三毛父亲的一段话才觉轻松很多：“我女儿常说，生命不在于长短，而在于是否痛快地活过。我想这个想法也就是说，确实掌握住人生的意义而生活。在这一点上，我虽然心痛她的火燃烧，可是同意。”我想很多名人早逝，是否因为已经浓缩了自己美妙的一生，所以才像节日最后压台的焰火，那么劈劈啪啪地五光十色、绚丽夺目得无与伦比？ 莫非花开半世最妍？

我在杭州成长了二十多年，阅读她的作品时，还从未长期离开故乡。那时候，我喜欢她“橄榄树”中优美的旋律，却轻飘飘地不解其韵。如今，我在美国生活了二十多年，不再那么随意地唱它。我不想触动那潇洒里的沉重：流浪是自由，是浪漫，也是虚无……

那年冬天里的一把火

1987年央视春节晚会上，从台湾来的歌手费翔对坐在观众席的姥姥、母亲简单而动情地表白了心声，也透露了中央的“风声”：“我把‘故乡的云’献给二十五年未见的姥姥。”然后，在催人泪下的第一曲后，他又把“冬天里的一把火”献给在山东近一百岁的太姥姥。这把冬天里的“火”蓄势已久，如今飘过海峡，透过呆板的蓝色、绿色卡其男女中山装的海洋，穿过革命的浪漫主义和革命的现实主义下“发育不良”的红心，闪过张张木然的“木乃伊”面孔……

他身材高大，头发微卷，身着红西装，显得脱俗飘逸。他中美混血，长相英俊，身材伟岸，神情单纯，好似不解大陆世情的“人猿泰山”凌空而降 。他的第一曲《故乡的云》颇为忧伤，带着中国传统“叶落归根”的静思感怀；第二曲《冬天里的一把火》却甚为火热，带着美国“猫王”的劲歌狂舞派头。

静中有动、中美并收的费翔成了大陆、台湾、美国三者开放关系的爱心大使。歌曲《冬天里的一把火》中的一句歌词似乎有着无限的寓意：“……我虽然欢喜，却没对你说，我也知道你是真心喜欢我……”他在“火”中热情奔放，在间插的火警声中载歌载舞，这段爱意的表达如此含蓄、深沉、火热，带着对两边关系的谨慎与微妙。这火热不是诗人徐志摩“偶尔投入波心”的“偶然”，而是一种含蓄又火热的“必然”。

通过这两首或动情或奔放的歌曲，费翔成功地表达了人世中个体生活的脆弱无情和难以驾驭，以及乡情、爱心的自由飞翔……于是，似乎一个世纪的中国人情感“返老还童”。一夜之间，全中国老百姓为小费中魔。这把情感的圣火在春晚的一夜之间点燃中国的大街小巷，激发压抑至深的中国人情感，也带动着时尚品位。

中国人原来可以如此自由、火热地表达自己的情感！男人可以卷发，穿红西装！“工农兵联合起来，万众一心”，颗颗“红心”原来可以指向具有象征意义的歌星！春晚以后，费翔巡回演唱六十多场音乐会，场场爆满。

从那以后，在二十多年的音乐生涯中，费翔从中国大陆的当红歌星成为美国纽约百老汇歌剧的明星。他在歌剧和流行曲中纵情双栖。在他所唱的众多歌曲中，我偏爱《故乡的云》、《旅程》、《关于离别》、《回忆》、《今夜的音乐》。它们是有关人类情感、生存意义的最好表达。

这些歌曲中的忧郁和无奈，刺痛我们的心灵。这些忧郁通过一个高大英俊不失贵族风度、宽容体谅不觉轻佻的歌星传来，更是激起所有天下大小女人的怜惜和母爱情怀。不见古人，不见来者，对于朝阳、美好、祝愿的情种今生今世必须发芽、开花、结果。

此情此曲只有在二十五年以后第一次见到外婆的费翔才能唱绝；此

情此泣只有亲自死别二十多岁姐姐的费翔才能唱尽。那一刻，费翔弃医从剧，他可以借剧尽心表达他的主张：今生今世必须把握；遥遥无期可以放弃。他的神态从此有了哲人的深度、诗人的敏感、绅士的优雅。他似乎把艺术和现实完美地糅合起来，毫无做秀的痕迹。他对现世生命的珍惜与狂热，才能把夜晚的回忆与人生的音乐唱得那么入戏，才能重申活在今日的礼赞。此情此叹只有经过在纽约百老汇受过歌剧多年专业训练的费翔才能再现：

……从今后，过去的种种全摆脱
让你的心带你去向往的地方
到那时你才会属于我
飘逸，低回，甜蜜蜜的喜悦
接触，信赖，品味每个感觉
让这梦儿飞翔，在梦中你会拜倒在
我用心灵抒写的音乐
是你让我的歌儿飞翔，助我完成着夜的音乐
（此曲翻译节选自薛范先生译配《今夜的音乐》）

在全球经济衰退的情形下，作为“费迷”的我每天听三遍他唱的《旅程》，就像得到膜拜或念经后的精神抚慰。《旅程》这首歌的背景是由他小时候的中美家庭中一系列悲欢离合的精美相片构成，这幕生动真实的人生“旅程”提醒我们：“人生就像一条河，从来不曾为谁倒流，悲欢离合，如果看破以后，又算什么啊，有人说这就叫做人生：关上一扇门，总会为我们打开另一扇门……”

原来，我们终究不会在同一扇门里堵塞，也不必要在一棵树上拴住。情感和生活都是如此，我们永远不需要做活的祭品、空的符号。

钢琴王子

上世纪80年代以来，法国演奏家理查德·克莱德曼的钢琴演奏曲风靡中国。那时大陆在“文革”后万事才逐渐复苏，古典音乐作为过去政治运动禁止的“封资修”成分使我们长久对它敬而远之。我们对世界古典音乐的认识，只停留在几首世界名曲上而已。

就像给中国带来新的服装理念的法国设计师皮尔·卡丹，浪漫“钢琴王子”创造了古典音乐的另一种生命力形态，他把神秘又古老的古典钢琴曲改造成通俗而优美的旋律，像推广从古文变来的白话文一般，把“通俗”后的古典钢琴曲一下子在中国普及开来。他重新编奏肖邦的钢琴组曲、世界民谣、著名影视主题曲，乃至大陆、港台歌曲，他浪漫、亲和、优美的演奏在全球变得疯狂，成为国际乐坛盛事。这一切实属情理当中。虽然学钢琴专业的人可能对他不以为然，然而中国人不应忘记在中国钢琴界青黄不接的时候，他点燃了一个接力火炬。

他弹奏的《水边的阿蒂丽娜》、《致爱丽丝》、《命运交响曲》、《秋日私语》等，给当时我们这些中国年轻人有限的青春遐想里刮来一阵古典钢琴的优美与抒情。有时，他的钢琴曲从哪家电台或是大学校园广播台传来，宛若天籁。我会不由得放下手头所有紧要或乏味的事，静坐在某个角落。我甘心“绝食”，却不愿失去如此精神的抚慰与陶醉，我被青春的浪漫与情丝所包围……

他的头发是阳光的金色，眼睛是晴空的蓝色，脸面是白云的洁白。多彩的音乐王子，双手紧握着“水边的阿蒂丽娜”的温柔思念，翩翩而来。法国“水边的阿蒂丽娜”和西湖边的西施有什么本质的区别呢？那水边一定不是城边的某个臭水沟，被瓶瓶罐罐、废铁烂铜、菜叶垃圾污染得几里飘臭。那水边一定像天然公园森林里的水边，或者像纤尘不染的天池。那儿也有“苏堤春晓”、“南屏晚钟”、“平湖秋月”、“断桥残雪”吗？ 阿蒂丽娜和西施一定都是像仙女那样下凡，她们淡妆比浓抹更相宜，更轻盈美妙。她们一路散花，于是，繁花就在水面泛起阵阵心波。这就像从“钢琴王子”那灵性的双手间，扩散出点点美妙。而这美妙反复回旋，韵味无穷……

这些抒情、优美、自然的音乐，把我们习惯已久的政治性艺术给盖掉了。十多年后，我在许多亲朋好友（无论是音乐专业还是非音乐专业）的家里，都发现了理查德·克莱德曼的磁带或乐谱。看来，我们对通俗钢琴曲的共同爱好，都是从这个浪漫王子这里开始的。

他还帮助更新中国本土的“浪漫主义”作品，如改编《太阳最红，毛主席最亲》、《梁山伯与祝英台》等。就像邓丽君抒情歌曲的流行，他把中国的大众“浪漫”和世界性的古典钢琴接轨。十多年来，他多次到中国演出，他让我们对古典钢琴的理解从神秘到普及，从遥不可及到触手可及。最近几年，他甚至将《十面埋伏》、《渔舟唱晚》等中国古曲改编成钢琴曲，并且与女子民乐团“东方魅力”合作……他主张“音乐不能不美，而且是愈美愈好”，我以一个“粉丝”的身份，赞美他的主张、他的旋律、他的外表所构成的整体美好。

麻派还是托派?

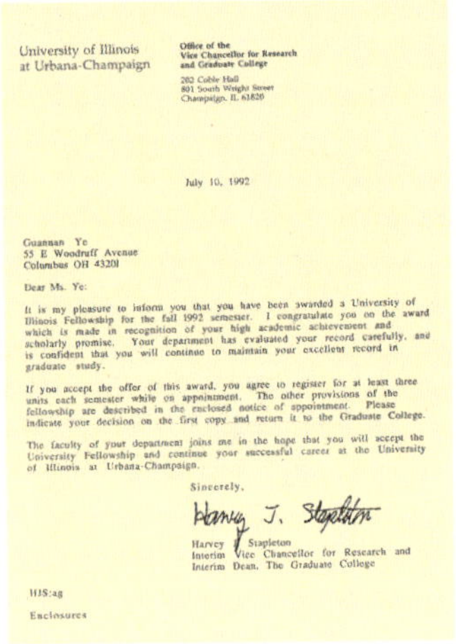

University of Illinois
at Urbana-Champaign

Office of the
Vice Chancellor for Research
and Graduate College

202 Coble Hall
801 South Wright Street
Champaign, IL 61820

July 10, 1992

Guannan Ye
55 E Woodruff Avenue
Columbus OH 43201

Dear Ms. Ye:

It is my pleasure to inform you that you have been awarded a University of Illinois Fellowship for the fall 1992 semester. I congratulate you on the award which is made in recognition of your high academic achievement and scholarly promise. Your department has evaluated your record carefully, and is confident that you will continue to maintain your excellent record in graduate study.

If you accept the offer of this award, you agree to register for at least three units each semester while on appointment. The other provisions of the fellowship are described in the enclosed notice of appointment. Please indicate your decision on the first copy and return it to the Graduate College.

The faculty of your department joins me in the hope that you will accept the University Fellowship and continue your successful career at the University of Illinois at Urbana-Champaign.

Sincerely,

Harvey J. Stapleton

Harvey J. Stapleton
Interim Vice Chancellor for Research and
Interim Dean, The Graduate College

HJS:ag

Enclosures

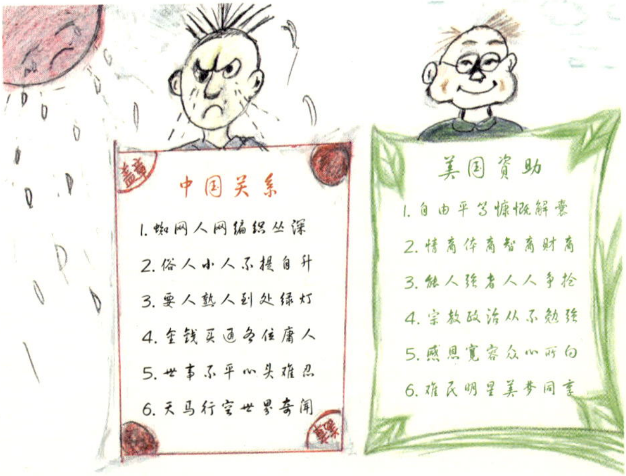

中国关系和美国资助

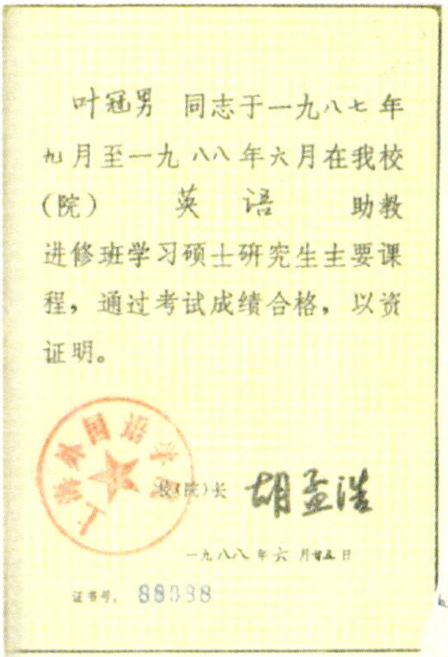

叶冠男 同志于一九八七年九月至一九八八年六月在我校（院） 英语 助教进修班学习硕士研究生主要课程，通过考试成绩合格，以资证明。

校(院)长 胡孟浩

一九八八年六月廿五日

证书号：88338

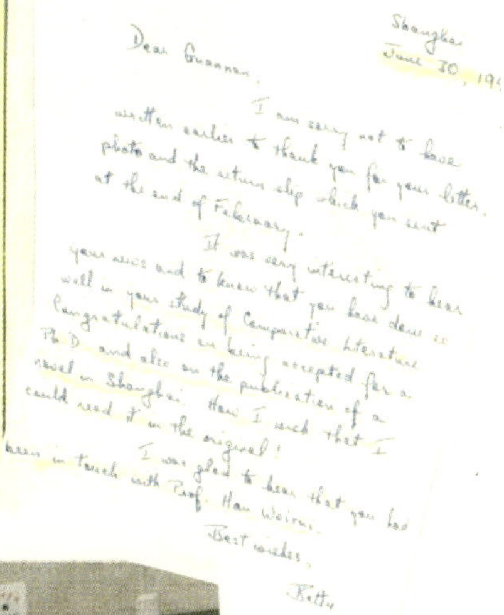

Shanghai
June 30, 19

Dear Guannan,

I am sorry not to have written earlier to thank you for your letter, photo and the return slip which you sent at the end of February.

It was very interesting to hear your news and to know that you have done so well in your study of Comparative Literature. Congratulations on being accepted for a Ph.D and also on the publication of a novel in Shanghai. How I wish that I could read it in the original!

I was glad to hear that you had been in touch with Prof. Han Weiru.

Best wishes,

Betty

开放英语教学

开放英语教学

1985年，我在英语系毕业后留校教授大学公共英语。课堂上，我尽量避免学生对学英语的死记硬背乏味之感。备课的时候，我会从自己读书的爱好出发，加入一些其他参考内容，比如让学生上台表演《王子与贫儿》英文话剧，让学生扮演不同的角色，轮读有故事情节的课文，或以绘画形式、哑剧动作让学生辨别同义词，教唱英文歌曲……

在中文环境里，教授英语本身就有点勉强。中国的英语教师，最好创造有趣自然的环境，激发学生学习外语的兴趣。

20世纪80年代的上海滩似乎又回到了原来的样子：春风徐徐，录音机、收音机里风风火火地传来世界名曲和外语学习节目。在各个角落，英语角、托福强化班雨后春笋般地涌现出来。校园外一些小摊设有馄饨铺、茶叶蛋铺，更有书摊兜售“黄色”名著：劳伦斯的《虹》、《儿子与情人》、《恋爱中的女人》，卢梭的《一个孤独的散步者的遐想》、《情爱论》……还有中国本地产的小道轶闻、怪事：“拐骗妇女案”、“名河无头女尸案”、“中外性奇闻”等等。取代“夜上海，夜上海”夜吧歌曲的是现代抒情音乐、流行歌曲，一派“资产阶级精神污染”的场景。

上海外国语学院英语系助教进修班聚集了全国二十多个省市区的

高校英文教师，每个教师似乎就能代表一个院校或省市。这是上海外国语学院和英国教育部合作的一个项目，三十多个助教是经过笔试、口试（亲自出差去学院和导师面谈）才最后从报名候选人中筛选出来的。该项目希望让有质量的英语教学在全国各处开花。各方面的改革开放风风火火，赶超或与国际接轨都需要改变全国英语教学的质量。这样，各地著名的外语大学为了培养外语师资能力，挑选了英语教师举办一年脱产的全职强化英语教学学习班。该项目几乎涵盖大多研究生课程，几乎把两年多的研究生课程压缩到一年。我们为上课，为写论文，为做课程设计，为考试忙得团团转。这是我留学美国前最接近英语强化学习的操练序曲。两者最大不同之处在于留学不仅有学术压力，更搭上文化压力、经济压力。一年后毕业，学校发给我们的蓝面的“高等学校助教进修班结业证书”上列着“硕士研究生主要课程成绩表”，包括教学法、普通语言学、应用语言学、第二语言教学理论、语言技巧与教学、教学语法、写作技巧、教材设计、文学、法语、广告英语、圣经文学、交际语言教学、英语戏剧、翻译。

课余时间，我们偶尔和两名英国女外教在学校大食堂的楼上大厅或教室举行聚会，跳交谊舞。这有点像父母辈学跳忠字舞那样，以缓解集训学习后绷紧的神经，这一切颇有点“半西化”。那时美国电影《霹雳舞》引进中国，我们也模仿着做月球漫步的慢动作，似乎很和欧美接轨的样子。其中一位老外教新婚的老伴是本院教英文的上海人。有时在校园附近，人们看到这一对搂腰骑在摩托车上的老浪漫在穿行，这又增加了一道开放的风景线。

我们还看了大量英语片。这些英语片许多迟了二十多年，如《汤姆·琼斯》、《音乐之声》、《窈窕淑女》、《教父》、《荆棘鸟》、《爱情故事》、《金色池塘》等等。这些电影不仅帮助我们提高英语听力水平，更把我大学里读到的一些名著生动地再现了一下。当时，影视碟片在中国还没风行，武打、言情等电影都是一集又一集地出现在不同的录像带上，只有外语学院才有这种直接接触英语的优越条件。有些材料是英国、美国和上海外国语学院交流文化时捐献该院的礼品。当时，该学院还有一个研究“美国学”的全国性英语助教班。知彼知己，百战不殆，出国潮热火朝天。中国关闭已久的井底之蛙跳出来，想瞭望更宽广的蓝天。

一学年的课程结束时，我的英文教学教科书设计“用‘英文中国日报’做阅读教材”被任教的英国教师复印，选为几个教学设计佳例；我的微型教学“通过哑剧教授英语动词同义词”被学院录像留作参照。

麻派还是托派?

我 1987 年在上海外国语学院进修时，对出国梦的理解就大有变化了，那时，二姐已公派去美国进修。外国语学院出国培训部语言强化班的人们踌躇满志，很刺激人，一起进修的同学在一起不免会互相问一句:“你考过托福了吗？”“系上有公派名额吗？”

安分守己的知识分子开始活跃起来了。进修班上一个女生在三个月内就完成了和一个出国培训部男士相识、恋爱、结婚的整个过程。“深圳速度！”大家叹道。当时，电视连续剧《河殇》还专门把面向西方作为“蔚蓝色”篇章大谈特谈,出国的大气候在慢慢地形成。我的周围，出国潮也在默默地翻滚着。许多大学里都有“麻派”和“托派”之说，“麻派”是指那些吃“大锅饭”、得过且过、热衷于打麻将的逍遥之士；“托派”是指那些不安于现状、要攻克“托福”、想出洋留学的进取派，他们大多是经济困顿的“淘金”者、学界失意的一些小字辈等等。

“造原子弹的比不过卖茶叶蛋的”，无足轻重、两袖清风的压抑感逼迫着知识分子。习惯于“粗茶淡饭”、“宁静致远”的老书生无可奈何地叹道:“市场又涨价了，我的两三百元月薪还对付不过来呢。”

80 年代末的盛夏，我新婚住在一个十三平方米的“夹皮沟”老式小木屋里，人们在过道中放置的炉子所散发的热气逼进小屋，小屋变得闷热不堪。西晒的太阳更使它成为一个火球。夏雨过后，整个过道潮湿湿的。这幢二层楼老木房已经根基不正，其排水管道经常被阻塞。几次雷雨过后，教工们在一楼的屋子里被水浸到了半节床根，这幢房更让人觉得摇摇欲坠了。

一个晚上，我独自在家看书，突然觉得后颈上痒痒的。我用手一摸，只见五六只小虫在我手心里扭动，它们有着略微透明的翅膀、白皙而又细佻的身材。我抬头一看，日光灯下，墙上“白雪”飘飘的一大片汇集起来，形成一股不可阻挡的气势。我打开纱门，只见走廊天顶上一长排的大圆灯下全是这样，好大一个阵容！家家户户的门全都紧闭起来。偶尔几个外人来拜访朋友，一边跑，一边捂着头惊慌失措地叫道：赶快撤离危房！白……蚁！

我活了二十多年，还是第一次见识了这么大群的白蚁。这些白蚁从我们进出开纱门的瞬间撞进屋里来，迅速布满灯下、墙上、床上，甚至小杯子里。我在两个脸盆里涂满肥皂，使劲往空中撩。不一会儿，白蚁密密麻麻地全都沾到了脸盆里。一些“亡命之徒”还歇斯底里地往我脸上扑！清扫整个“战场”足足花了我两个多小时的时间。那晚，我再也睡不着了……我觉得那些白蚁在满屋、满床甚至在我的全身爬动……天边外！天边外！我们只有逃向天边外！

中国关系和美国资助

1989年的感恩节，我从加拿大多伦多，经先生的朋友引介，住在其朋友家的客厅两三个月后，签证转至美国伊利诺大学。

后来，我在伊大读英文版《围城》时，惊悉书中男主人公方鸿渐的伪造毕业文凭上的大学也叫卡尔顿大学。还好我没在那里留学，要不我辛辛苦苦地读书后还要向好事的人去啰嗦地解释这个偶然，这不多此一举？

其实，处于渥太华的卡尔顿大学排名处于加拿大前十位，只是其名字和方鸿渐的伪造件碰巧罢了。卡尔顿大学发来的录取通知书是英法文同时印写的，是我在散发了几十份美加求学“传单”后收到的第一份录取通知书，我“毫无条件”地去北京办了签证。由此拉开了我艰苦留学的序幕；没有资助、略知法语也不能阻挡我远行的宏愿。

在收到从北京寄来的加拿大签证的前一周，我收到了美国伊利诺大学香槟分校的比较文学系录取通知书。美国伊利诺大学香槟分校文科的比较文学、会计等专业均排列在美国所有院校的前十位。而且，它给我提供免学费！这真使我又惊又喜。可是我又不知去美国的签证前景如何。前景未卜，我还是去多伦多中转，本以为转签只需几天的时间，哪知一待就是两三个月。最后，我只好错过秋季这个学期。

中国人一向以“勤劳、勇敢、智慧”著称，除基本的个人优秀品质外，“关系”是中国人读书、升官、发财等一系列命运的主宰。如果小知爱清高，不擅“中国关系”，那么他们就只好寒酸一辈子。1989年的深秋，我拿到美国伊利诺大学免学费资助时，我的手发抖了：人家美国伊利诺大学和我无亲无故，为何给我资助？人家大学要求本州和外州的美国大学生都要付昂贵的学费，为何它们要肥水外流，给我一个素不相识的外国留学生？就凭我的阅历介绍、发表作品目录、作品复印件、托福成绩、公证过的大学成绩单、教授的推荐信，它们就慷慨无私地为我提供资助。美国的大气，让我这个在美国学术界举目无亲的小字辈深深感动。

东方是静感的，西方是动感的？

系主任迈克尔·帕棱锡－罗斯教授个子矮小，脸上架着一副眼镜，颇似儒雅、风趣的中国学者。报到时，我和他第一次面谈，就感觉到他对中国古老文明的尊重。那时，比较文学系还有几位中国来的留学生，其他则来自西班牙、奥地利、德国、日本、韩国、印度等国家。

帕棱锡－罗斯教授经常浅浅地笑着，和风细雨地娓娓叙述他的学术想法。在亲切友好的气氛下，学生很受启发地畅所欲言，师生毫无“受迫害”的顾虑，就像在茶楼里喝茶聊天。他不常说：“当我在哈佛的时候……”在课堂上，对于他不知答案的问题，他就耸肩一下，摊摊手，很从容地说“我不知道”。此时若有一个嚼口香糖的学生帮他回答，他会说“谢谢了，你真聪明”。堂堂教授居然一点也不觉得说“我不知道”会丢面子，这和中国“师道尊严”下的权威形象形成很明显的对比。学无止境，其实“不知道”是很正常的事。与其给出误人子弟的错论，或不相关的借口，不如给个真实的“不知道”，反倒令学生更敬重教授的诚实和坦白。“真正的强者不会掩饰自己的软弱；真正的学者不会掩饰自己的无知。”

在留学最初半年的一篇论文中，我的题目是自设的《东方是静感的，西方是动感的》。我不知从哪里得来的灵感。我想到中国那些逍遥出世的古典哲学、近代被侵略被羞辱的历史、不断的政治运动和十年经济上的停滞，以及各种不合理的现象如开后门等等。已是20世纪90年代初，但我们在美国的大学比较文学系参照的英文版作品，最新的也是半个世纪前的，如张爱玲的《金锁记》、钱锺书的《围城》等。这一切使我感觉中国就像处于“睡谷”，而西方则相反。论文中我欠缺实例分析，却在每段第一句中不断重申着我的立意：“东方是静感的，西方是动感的。”

在辛苦的打工之后，我对这篇论文的撰写搜肠刮肚。直到第二天凌晨我才应酬好这篇论文，匆匆赶上截止日期。

数天后，精疲力竭的我从系邮箱里拿到了一份帕棱锡－罗斯教授没记分数的论文。退回的论文上短短的几句评论明确地说我这篇论文不能通过，说该论文既专断又笼统，很不符合论文的要求。论文上还附了一张字条：“×× 日，请到我办公室面谈，然后重写！”这对文学能力一向很自信的我是一个致命的打击。这是我一生唯一一次在中英文写作中“不及格”！教授在面谈中给了我其他同学的论文做样子。

幸好留学之初就敲响了这一警钟。我回家后好好地调整了打工带来的疲惫，静下心来认真地重新研读了每一章节。同时，我又加选了另一个西方理论家有关时间的概念。我重新取了标题：《方鸿渐的震惊》。我选了小说《围城》中某个段落：“他（方鸿渐）四年的留洋生活就像水珠流过荷叶而不着任何痕迹。他回国返乡遇到的人还是四年前依然故我的人，依然所说所做着四年前一样的所说所为……”我还选了诺思罗普（Northrop）所写《东方和西方的交会：有关世界理解的探问》（*The Meeting of East and West: An Inquiry Concerning World Understanding*）中的一个段落：“十分重要理解的是：西方的哲学、宗教和科学在教条内容上大多缺乏终结，缺乏绝对的肯定，而这暂定就像火车的时间表一样变化多端。”

我看了很多参考书，努力把同一章节细节化，这样论文才能变得深刻透彻、客观而又公正，才能言之有理、以理服人。比较方法最忌专断，最忌自以为是，证据实例是检验真理的标准。改写后，我立即有了“A^-”的成绩。

此事改变了我的一些看法，也使我对美国的文科导师制产生一种敬意：许多导师观点开放，从引导、发展入手，绝不把人的想法一棍子地“打死”。导师们人文地对待学生的观点，不计学生过错，把学问落到实处，负责到底。谢谢美国教授中国古典式的“传道，授业，解惑”，它使我至今能够从容地独立思考。

1990年的圣诞节，帕棱锡－罗斯教授亲自来研究生宿舍楼，邀请台湾来的雅和我去他家做客。他知道我们穷学生来去乘坐的都是校车，就亲自开车接送我们。那桩“论文不通过事件”后，我们之间的一切偏见似乎都不存在。他就是这么平等，善解人意。

那天，我带去了在车库大甩卖中买来的一架十美元的电子琴，想简单地弹一些中国民乐（那时我没有正式学过钢琴）。我凭着记忆弹奏一些旋律，向教授一家介绍中国文化，借机活跃一下节日气氛。当我弹起中国一些民歌的旋律时，雅在一边哼调，忘了很多词。教授居然高声地接唱起来："虹彩妹妹，嗯哈哦嘿哟，长得好呀，嗯哈哦嘿哟……"他的中文吐词相当清晰，我和雅大吃一惊，然后大笑起来。

教授的眼光有点怀旧，他说几十年前，他在哈佛大学攻读文学博士学位时，来自台湾的室友曾经教会他一些中国民歌……

帕棱锡－罗斯教授告诉我们他早年来自北美哥伦比亚，那里盛产咖啡豆，还给我们闻罐头的咖啡豆香。他有一女一儿，女儿漂亮优雅，儿子却不幸残疾。他的太太在家专事写作。大概一年多后，他太太的小说集出版，教授很为妻子骄傲。他还选了其中一篇小说的一个章节为大家朗读，主要描写的是美国某山区某个小镇的风土人情。其中有一句："据说小镇并不需要报纸，因为大家一传二，二传三，通过口传就有了新闻。"我至今记忆犹新。

何日君再来

中国著名的气功大师严新一行曾在美国搞过几次气功报告，报告之前或之后，在中餐馆招待联谊。恰好这家中餐馆有全套的邓丽君卡拉OK唱片，我们几个女留学生在此唱得神魂颠倒。对气功没有领悟多少，邓丽君的入世情歌却成了餐后的必备“甜食”：《甜蜜蜜》、《海韵》、《我只在乎你》、《小城故事》、《美酒加咖啡》、《酒醉的探戈》……

后来，女服务员走过来收拾桌子时直爽地对我说：“我看你唱得不像邓丽君，长得倒有点像邓丽君……”我听后感觉有点“酒醉的探戈”的飘然。不过她如此的说法是对我连续近一小时练习邓腔唱法的安慰吗？

在上世纪80年代初，老邓（邓小平）和小邓（邓丽君）是我们政治生活和情感生活两道亮丽的风景线：“白天老邓，晚上小邓。”那时，二姐从工厂带工资读大学，有财力买回来一个日本制造的黑色录音机。大小就像一本字典，但价格昂贵，是二姐几个月工资的总和。那几乎是我家第一件教育投资性的“共产电器”。听英国英语“灵格风”、美国英语“九百句”之余，我也把她从同学那里交换互借的邓丽君磁带放一遍，还录下自己鹦鹉学舌的歌声。我常凑到录音机旁反复“琢磨”

邓丽君唱歌时的微妙之处，但不管自己如何努力地“高标准、严要求”，我的模拟水平终究令人失望。更何况这仿效是出自一个十几岁戴着烦人的矫牙器的女孩口中。

邓丽君怎么能把中文唱得如此甜美、温柔的？她后来用闽南话、广东话、日语、英文唱的歌也一样动听。她是奇才，用天女下凡的天赋仙气，发自内心地唱歌！我们只有膜拜她，却无法超越她。她的歌唱表演总是像和朋友坐在杭州满觉陇桂花树下的茶桌边，边喝边唱，不紧不慢，不急不躁。她的“靡靡之音”轻柔得若隐若现，似仙似俗，似梦似醒，似唱似说，似自言自语又似爱的演讲……像一阵温馨的春风吹拂着我们的脸面。

既然东方爱人间很少在公众场合中互唤“Darling”、“Honey”，很不擅长用亲吻、拥抱来表达爱的形体语言，那么，她以歌声真诚、婉约地把含蓄东方人在日记、情书、私房中的爱语替大家大胆表达出来了。她的歌曲听来雷声不大，却和风细雨地让大家在心中翻江倒海，像飞弹穿越禁锢的铁壁铜墙……阴阳平和的东方文化在她的纯美容貌、匀称身段、优雅台风、柔美歌声中完美无缺地综合体现……她的演唱会俨然是爱的布道会，让我们得到灵魂世界的洗礼。她是“大众情人”，所以她的个人世俗情路异常坎坷：她只须给我们带来爱的纯真信息，“欲乘风归去”。她飘逸的长发、甜美的微笑、轻柔的唱腔放松了大家在无数政治运动中紧绷的神经，似乎对所有的人都是情感镇定丸、减压剂。她的歌教懂人们对红尘苦海中的感情要拿得起，放得下，知道宽容，珍惜，忠诚，反省……她是那个年代真正促使两岸文化统一的“亲和形象大使”。身在海外，她的歌声又成了全球各地华侨温馨的联系纽带，提醒所有人要诚实地直面自己的七情六欲。人间大爱可以跨越时空、文化、政治、种族、算计……她的“攻占”无疑对我们很多人是一个巨大冲击。原来，温情脉脉比斗志昂扬更能水滴石穿地化解矛盾，情歌比战歌更温柔、和平、安全……

有一阵子，我在美国正胸怀全球，订阅了一大堆的《世界日报》、《纽约客》等。当时我家没装卫星天线，互联网查询也不发达，我对亚洲新闻不那么灵通。某天，我读到邓丽君在泰国突发哮喘去世的悲痛消息，以为这是像艺人绯闻之类的假新闻，还颇为邓丽君愤愤不平。过了两个星期，我剪报时果然又看到了她在某地演出的消息！我刚想大声地谴责那些新闻记者的职业道德，才猛然看到报头上的日期！

我的一声叹息和两滴眼泪落在地上：“何日君再来？”

自我掉价吗
气电费
房屋维修
书报费
免费水

自我掉价？

墙
敌人
红缨枪
1. 全球游
2. 三角钢琴
3. 赞助
……
1. 全部账单
2. 小帆船
3. 房屋装修
……
1. 大学费
2. 换新车
3. 换屋顶
……
好
是

"军事演习"

Certificate of Achievement
Congratulations
Merry Ye
YOU PROVIDED OUTSTANDING SERVICES
AND EXCEEDED YOUR CLIENT'S EXPECTATIONS.
RECOGNIZES
AS AN
HONORED MEMBER
THE ABOVE NAMED INDIVIDUAL HAS QUALIFIED
FOR INCLUSION IN THE 2006-2007 EDITION OF THE
MANCHESTER WHO'S WHO REGISTRY
OF EXECUTIVES AND PROFESSIONALS

头号儒商

receive, especially from him, as I have great admiration for his drive and focus in life.
There are so many people in this office that are deserving of this award. I could not be where I'm at today without my team, thank you Jason and Chris. I didn't have two awards to give them so we shared it this past week.
I would like to give this award to someone I really didn't know very well until recently. I was able to witness how diverse our two cultures are and how she has overcome challenges in both her career and family. I wish her continued success and determination. This award goes to Merry Ye.
Words of wisdom by Tiger Woods: "All the money and all the trophies never replace the need to practice everyday."
Realtor of the Week Award
I would like to thank Michele for giving me this award. Her career energy, and bondless creativity always inspire me.
It must be my good luck from "Fortune Cookies" that I happened to know my coworkers, friends, and clients here on my "dream trip" through thousands of miles many years ago. Real Estate is like a college where I never feel that I graduated. Each day, in many ways, I am learning from all of you-combined parts of this award!
I would like to give this award to someone who helps to make my trip possible. Her composure and elegance often bring me inner peace. This "Federal Express" award from the Great Wall in China goes to Paula Kennedy.
Woods of wisdom from Dr Phili's <<life Strategies>>: When we think about our financial income, we should also know our psychological income; spiritual income, physical income and achievement income.
TOP
SALES
ASSOCIATE
TOP
SALES
ASSOCIATE
TOP
SALES
ASSOCIATE

卖房“劳模”

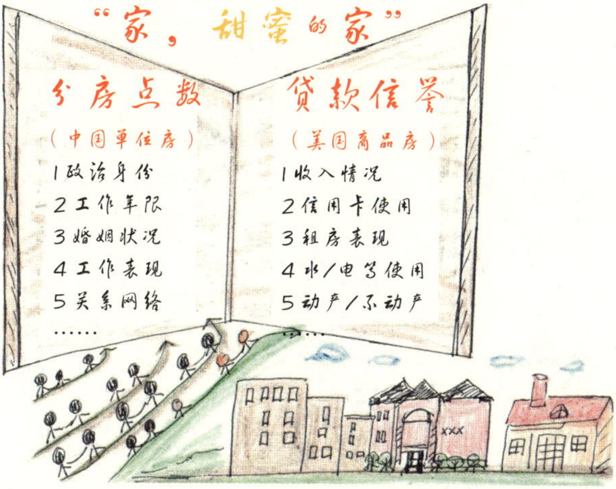

分房点数和贷款信誉

我的"工作坊"

母亲

心曲

美国打拼

(1993～　)

哭泣的美国老太

我曾在俄州辛城的国际语言学校教过三年中文，同时在中学做过一年的外语代课老师。我发现一些美国人在文化上其实很闭塞，自以为是。20 世纪 90 年代，美国社会中一般大人、小孩对中国的理解很有限，只知道常常进肚的中国美食、神奇的中国武术（功夫）、“中国制造”的便宜玩具等产品。就像我的法语老师所说，她在欧洲看到很多美国文学翻译成法文书籍，而不是相反。

中国人从小学就把英语名正言顺地作为第一外语，而美国小学的外语经常是法语、西班牙语，而不是中文。中国的“一孩政策”使得教育的精英化多于民主普及化，于是，再穷、再娇嫩的中国孩子都要被父母送往海外。这些“佼佼者”对于国际名牌的讲究、世界知识的精通，比一些欧美本地人都要过之。

美国人好像还在大大咧咧，无所谓“地球村”内中国等国家的巨大变化。美国的人口少中国许多倍，而高等院校却比中国多出两倍，其教育的普及化、民主化使他们把一切机会视为当然。只有个别“怪怪的”中国通学者、市场开发人士、英语教师对中国的了解和尊敬逐年增加。个别百姓对于现代中国的腾飞却不以为然，也不关心。

在美国学区很一般的公立中学，我每月偶尔都会看到高中生在课堂上公然和老师顶嘴。老师若不给他们期待的分数，学生就扬言要在法律上控告他（她）。课堂上绝对不可能存在中国式的师道尊严。老师既要做到公道，又不能敷衍塞责。学生和老师一律是平等的。

我在另一所语言学校任教生存中文时，学生常常是退休夫妻，他们的孩子们都已上大学或工作了，于是他们很乐意去中国合资企业工作，见识发展中的中国。他们卖掉房子和车子，打包去“漫游世界”。据说他们的工资和福利很不错。

我断断续续执教的三年中，唯有一次碰到点小麻烦。我在给一对夫妻突击两个星期的生存中文时，那个美国老太在午餐后突然哭起来。我的心里一下子慌乱起来，但表面上依然带着教师的镇静。她说“学中文太难了，我现在牙牙学语，就连我一岁学说话的孙子都不如！”

我的潜意识在说：是呀，你们从小到大，二外最多是法语、西班牙语，而我们从小学开始“恶攻”英语了。小孩时候是语言输入最灵的时候，现在你成了奶奶，心血来潮地要像白求恩，不远万里去中国的合资企业见识，虽然我敬佩你老来见识的勇气，但我不能为悠久的中国文化抱歉，不能为复杂的中文抱歉。这些文字已经演变了五千多年，即便简化后的中文依然不好学。

不过我表面上还是用了美国教师赞扬孩子的101句：“我佩服你挑战自己的勇气、老来学中文的决心，看，你不是已经学会很多了吗？”

她一下子安静下来了。

我自己设计的中文情景对话、趣味中文实用教学法深受同一大公司老学生的认可。一对对的学生在两个星期的中文学习结束之后，又指定要我做他们公司其他后来的同事的中文教师。

玉米“脱口秀”

我在俄州国际语言学校做教师时，曾被找去拍广告。那是一个有关美国健康食品的商业广告，为了强调美国市场面对的多民族性，需要不同种族的人各说一句话。我的广告台词是：“最甜的玉米长在美国的中西部！”

拍片很值钱，三个小时里，“演员”能挣三百美元。当时，这算是我挣钱的好机会。但是拍片绝对需要耐心，演员需要有努力后被多次剪辑掉的挫折商。我辛苦了半个下午，在最后竟然被剪辑掉了！我做“明星”的梦怎么如此短暂！

这时我想起在小学时初上银幕的经历，至今仍有点酸溜溜：我们小学的二十多个学生和杭州其他几个学校的几十个学生一起排练一个大型组舞《我爱北京天安门》，我们排练了一个多月，有专门的公交车接送我们来回学校；表演后，还可以吃点心，这对当时的小孩很有吸引力。后来，这个纪录片播放的时候，镜头在两个领舞的女生身上闪了十多次。除了这个组舞，为了表现西湖风景和杭州市的孩子是怎样“茁壮成长”的内容，我和其他二十几个学生，穿着花裙子，在西湖景点的小径上精神抖擞地走路……这是我初次看到自己在银幕上“明星”的背影，我感到十分的惋惜、万分的酸溜溜……

在美国那个广告片中，我到底是哪里出了问题？我一直怀疑自己当时把它当成一个即兴采访，用中文脱口而出：

“世上最好的稻米长在中国的江南！”

《侨报》副刊陈主编

1995至1999年间，我在纽约《侨报》上陆续发表了四十多篇散文、随笔。当时的《侨报》副刊陈楚年主编几乎是每星期发表一篇我的文章，有时甚至在副刊上同时发表我的两篇，或分上下发表。我像“专栏作家”，却又不受时间限制。他从没问过我那些和文章不关联的问题，比如家住哪里，年纪多大，台湾人还是大陆人，来美几年……他也从不说：“我不能总是刊登你的文章，你又不是专栏作家，这样别人没有了机会。”他似乎也从不认为“你不是哪个要人的亲戚或朋友。我不认识你，你怎么可以如此优惠？”他的善解人意、纯君子般的赏识使我感觉很好，清清爽爽，士气大增。当时住在中西部的我因此订了在纽约发行的《侨报》，这样我就可以看到自己的文章发表。有一段时间因为忙碌，我暂时停订了《侨报》，陈主编总是很守信用地把发表有我文章的副刊版寄来。

每隔一两星期，我就会打电话问陈主编哪几篇发表了，是否收到了稿费。他总是在办公室，很少缺席。我从没有见过他的面，看过他的工作环境。而他沉稳、笃定的说话声，总让我觉得他并非处于纽约闹市似的。他的版面，就好像在当代美国的中文桃花源中，依然故我地做着传统优雅的中国文化人。

他说哪天如果我到纽约去，他请我喝咖啡。我实话和他说我不喜欢纽约，以前两三次去那里，每次开上高速后离开纽约时才解脱似的远离那些喧嚣和烦躁，找到相对的平静。我告诉他，1992 年我曾去唐人街几家联合大报面谈过，但办报人不能确定我的工资。而且，他们无奈地表示报纸完全要靠各处拉商业广告才能生存，所以我们最后决定不在纽约生活。他也告诉我在纽约生存确实不易，生活费用高，他做副刊也很辛苦，只有偶尔在晚上才能找点时间写自己喜欢写的东西。

1996 年，我的第一本留美文集《留美手记》出版，我寄赠陈编辑一本以表达我对他的谢意。

他后来也寄给我一本他写的《三国人物仰观》以回赠我的《留美手记》，书的扉页上写着“冠男惠存雅正。赠于 1998 年 11 月纽约。”他的作者小传是这样的：1936 年生，祖籍江苏，台湾淡江大学中国文学系毕业，法国巴黎大学文学院研究生，纽约圣约翰大学亚洲研究所硕士。曾任教员、大学助教、记者、编辑、副刊主编等职。从事散文、小说、诗歌、文学评论等创作。酷爱易经、道家哲学及佛学，近年来投入《三国演义》之研究，该书为作者有关三国研究的第一本作品。

1998 年，我全职投入美国密歇根州房地产业。自那以后，我几乎没怎么写文章了。2002 年我打旧的电话号码去，才知陈主编已经退休，换了主编。幸好，全球中文互联网很是发达，因此我可以找到旧朋新友的消息，这才知道陈主编已去了阿拉斯加。过去的五年间，退休后的陈编辑开辟了他在阿拉斯加感受的文章博客，潜心写起他的大作。我第一次读到他在阿拉斯加感悟的散文作品时，似乎被那里二十多座起伏连绵的山脉所包围、所感动。我为自己尘世的生存而觉得遗憾。

现在的我，只能现实地成为他的读者，希望哪天度假时可以在阿拉斯加山脉顶上的旋转咖啡馆或茶馆与他不期而遇，然后我们一杯一杯地喝纽约特色的咖啡和中国南方地道的龙井茶。不紧不慢地，与他家做一星期的芳邻。到时，我忘了房地产生意、股票行情、这个那个的牵挂，只享受简单、纯粹、豪放、与自然共存的和谐……

自我掉价？

从1998年起，我基本从文学的世界中消失了……

“刀在石上磨，人在世上磨。刀越磨越利，人越用越灵。”作者无法只靠空气和热情生存，“满肚子文章充不了饥”，写作人首先得有一份养活自己的职业，这样才不至于为写作而写作，为轰动而轰动，为争议而争议，为畅销而畅销。当作者不必把作品当成生计时，才更有可能文责自负。我并不羡慕中国的专业作家，我更佩服世界上众多的业余作家或随意作家。

不管在轻视知识分子的“文革”期间，还是在美国优越的物质环境中，我常常思考精神、知识、物质和人的总体价值之间的关系。有时我觉得，一些传统中国知识分子自我标榜的“淡泊、无为”，似乎是“无奈、无能”的代名词。美国留住了世界各地的许多科学家和文化学者，因为美国以相应的物质待遇来奖励高级人才对社会精神和物质发展所起的巨大作用。都是俗世的人，对于精神和物质的平衡怎能没有追求的欲望？难怪，一些勤奋起家的企业家总有理由“财大气粗”。

上世纪80年代初，我听我二姐在饭桌上说起，她所工作的大学的一位讲师活活地累死了。这位老师家在贫困的农村，他自己的微薄工资维持不了全家生计。为了还债，他白天上班，晚上又在夜校上课，贴补家用。而他自己的体质又差，最后活活地累死了。而个别校领导没有调查研究，就在大会上说："同志们，这外快不挣为好，这叫要钱不要命。"领导知道别人的苦处吗？知识分子是死要面子的，他们不大愿意当面叫苦叫累，而这并不说明他们就没苦衷。死去的蒋筑英令人赞赏、惋惜。但是，救救成千上万活着的"蒋筑英"吧！

那时，我和几位已经上大学的同学去拜访了高中教我们英语的班主任赵老师，她当时正在教授高一和高三的英语。还未过四十岁的赵老师一年不见好像老了许多，黑黑的眼圈，看上去不像以前那样精神。我们去的时候，她刚刚手洗了六条棉被——赵老师可是华师大毕业、说着一口好听英语的上海小姐。她家大概只有十多平方米，一家四口共用一个小写字台，不知她的两个儿子、她和丈夫如何在晚上分享那写字台的。屋中还有一个五斗橱、几只箱子。我们看后只觉得心中隐隐作痛。那个时候，我们是高考文科重点班的学生，矮小的她义无反顾地挑起这繁忙的工作担子，还搭上了寒暑假和星期天。她儿子说她经常备课到深夜。那时，为节省时间，她经常在学校食堂买好饭菜，用几个小网袋装着带回家。她的两个儿子都在读小学，除了全家衣食住行的繁忙家务，她还要顾及自己超负荷的工作，忙于五十多个学生的她很难顾全自己孩子的梦想。她欣慰地看着我们这几个进入不同大学的学生，似乎超脱地说：看，你们不是我的欣慰吗？她疲惫的眼神透着笑意，用手洗完六条棉被的袖口依然还卷得高高的。

电影《人到中年》曾经看得我悄然泪下。中年知识分子正是年富力强、大显身手的时候，然而，他们上有老，下有小，经济条件尤其贫乏。影片的女主角医生有着强烈的事业心，又同时承担着妻子、母亲的辛苦角色。微薄的工资使她家根本请不起保姆在家帮忙，终日的生活奔波累垮了她，她得了重病，生命垂危……

上世纪90年代，香港人梁凤仪的财经小说很是风靡，她在五六年间，先后出版了八十余种小说与散文，其数量之大、速度之快、发行量之多，令人难以想象。她是在美国和英国勤工俭学、接受高等教育的，后来，在香港创办过女佣介绍所，当过证券行政主管、广告及公关等，在纸业集团做过董事……她能够在商业世界中经济独立，又能忙里偷闲，从生活中信手拈来丰富的素材，使其才情自然喷发。就像她自己所说："身为女性，不能与天下知己同声一哭，但不妨写出我们血泪交融的种种故事。"她不必为生存所迫而任人统一化、御用化。她一边在商界做女强人，一边把财政知识、经营管理，以及女性对悲欢离合的体验融为一体。在1997年香港回归前后的这十年间，她创作的财经小说成为中国出版业的一个亮点。大陆人通过她的小说，看到香港回归前的财经天地。

当初，我从国内只身带着几十美元来自费留学的时候，虽然有文科奖学金，但我仍然必须课外挣取另外生活费来完成学业，而且必须逼上梁山似的勤奋，继续优秀，才能继续得到奖学金。这其实是一个精神和物质的良性循环。我无法成为“一无所有”的精神贵族，我要钱也要命，慕神也要财，中国似的“淡泊、无为”无法让我在异国解决任何实际问题。

我想只有当生计不是一个问题的时候，才情才可以自由地“喷发”。这样的作品才不是从小屋子里、象牙塔里“硬挤”出来的自闭自恋的矫情。

有人对我叹道：你不容易，从“阳春白雪”般清高文人成为“下里巴人”似的世俗商人。我则认为我这一切是“水到渠成”。从中国的英文讲师、美国的中文教师、翻译、比较文学的硕士，到美国的房地产经纪、仲介；从人际交流、人文研究比较，到为人商谈住宅；从异乡的留学生到现在帮助世界各地来的留学生和移民安家落户，这过程顺理成章。无论从事什么工作，有几样我始终离不开：人性学、文化理解、语言能力、相关专业知识的学习、经验和悟性。我认为物质上的适当自由才能带来心灵的自由，世上一劳永逸、大红大紫的传奇都只是暂时现象，做文、做商之上是“做人”。

“军事演习”

我最初跟从的房地产销售经理，是一位父辈早年从前苏联移民过来的美国老太。她精力旺盛，有可能会喝伏特加。她的训练方法颇为独特：在培训我们业务的圆桌会议上，她要我们实地“演习”商业的动机和目标。她要我们坚定自信心，两腿站直，背要挺直，颈要伸直，而且眼光必须锐利向前，就像小时候的军训，把红缨枪一伸向前，立即与想象的各种“敌人”拼杀。我小时候的这种“军事演习”和她的父辈老苏联一套可能不分彼此。

东方文化的淡泊、对社会主义大锅饭的依恋能使我在异国他乡继续“清高”下去吗？“见钱眼开”可以解释为个人挣了钱，有物质能力，以保障精神现实中的“清高”。到时我就可以修身养性，捐助慈善，打开眼界去见识全球更宽广的世界。我要用“美帝国主义”目标来斗倒我曾经手捧“社会主义大锅饭”的懒散。我要以此培养正确的职业道德，端正自力更生、发家致富的生活态度。

如果我们是早上开培训会议，她要我们在会间面对着墙壁十分钟，两手紧握着拳头，深呼吸几下，然后精神抖擞地大喊几声“今天真好！”“了不起！”“做得最好！”等简短的句子，以保证士气的充足。在这样的想象中，我们成功地像堂吉诃德那样斗风车，打败意念中的敌人。

一次，在几分钟的早上“军事演习”中，一只小虫爬到我的脚下。我停止“演习”，从旁边的桌上拿来废纸，夹死了小害虫为民除害。老板拍了一下我的肩膀说：“你不能为现实中的‘小敌人’所分心。每天，你要学会和自己思维、惰性中的‘大敌人’顽强做斗争，不要因小失大！”看来，我们每天早上除了打中国式太极，还需要用几分钟去这样“军事演习”一下，以表现自己和惰性斗争的勇气。

后来，她要求我们定时把每年的销售大计划、每个星期的小计划背后的动机和梦想想象出来，表述出来，然后贴到个人办公桌上最醒目的地方，以便“早请示，晚汇报”。有的写着“举家乘游轮度一个好假日；给自己的旧车换一下”，有的写着“希望去巴黎吃烛光晚餐加游玩；买一个机械帆船”，有的写着“学会并买个人直升机；在北密湖区买一个专门用来度假的小木屋”，我写着“全家回中国一趟；买三角钢琴一架；每年有计划地做全球旅行”……

老板看到“三角钢琴”的字眼就乐了，好的三角钢琴至少值三四万美元。她拍拍我的肩膀，大声说“了不起”，她认为我的“挣钱”动机应该不坏。刚开始踏入商界的我就有如此决心，她比较满意。她觉得我了解她的心意：一个人的“决心”越大，其成就也应该越大。

刚开始的一两年里，很多经纪人在收入不定的危机感中撑不下去了，打退堂鼓了。那时没有收入的情况下，经纪人需要做一些预先投资，一些经纪人半年中做不成一笔房产交易，却倒贴了许多钱，就逐渐被淘汰了。最初的一两年，几乎是人们选择继续做下去还是停止不干的“坎儿”。

不过，我却坚定地想，难道一年的工作成果都承担不起全家回一趟中国的费用？“世上无难事，只要肯登攀！”这样想、这样做后，我一步步实现了自己的计划。我买了竖式的钢琴（不是三角钢琴），而且用其余的钱去付了女儿和自己一起学钢琴的双份学费。

后来她一直在追踪我的“战绩”，并把我当成她“军事演习”成功的标本。我不仅撑下来了，而且越做越好，也像她那样考了仲介执照，可以开办自己的房地产公司而独立经营生意了。

做梦的日子

我生来就好做梦，据说小时候我的梦话说得清晰、响亮，以至于父母担心我的睡觉质量与大脑休息。其实我很少失眠，睡觉质量应该不错。噩梦醒来的早晨，我大有被现实唤回、被解放的自由感；美梦醒来的早晨，我可以体味日本樱花般短暂而又永恒的伤感之美。毫无疑问，做梦的日子远比无梦的日子有趣、丰富得多……

我旅居美国多年，留学、工作、抚育孩子使我们不断奋争和奔波。我们太久地周旋在同一个生活模式中：生存——保住工作饭碗——让孩子受最好的教育。这经常让我们活得气喘吁吁。风清月白的深夜，我觉得有梦的日子真好，至少有着梦境的优雅、释放与充实。其实一些梦不是一朝一夕就结束了，它可以延续十几年，乃至一生……

我们结婚时，除了请人打做一套家具外，最大的家具是一台钢琴。那时，钢琴要托人“开后门”买，而且很是昂贵。那时，吃喝拉住全在一间的“夹皮沟”教师宿舍房根本容不下钢琴，我们只好把钢琴存放在我的父母家。每到傍晚，我就骑着自行车回娘家，练钢琴就成了“常回家看看”的理由。我有一个女友在音乐系工作，打算请她教我学钢琴。我很想在学院教书之余，自得其乐一番。很快，国内改革开放得生机勃勃，出国大潮热气腾腾，天边外的梦容不得我静坐在那里练 dou-re-mi。买钢琴一年后，我和先生先后到美国留学，丈夫把辛苦托人买来的钢琴转卖给了一家托儿所，所得费用基本凑出一张来美国的单程民航机票，弥补了“精神贵族”高校教师因贫穷所落得的难堪。

多年过去了，在异国磨炼的我依然想紧握所有做梦的日子。待到我们独自把女儿拉扯到五岁，我送女儿去学钢琴，顺便自己也报了名：每个星期一次课，女儿和我各学半小时。我有机会重温一下过去的美梦。女儿看到我学钢琴，兴趣也更浓，我的加入不仅激发了她的热情，而且我的练习也可以加强她的音乐感觉，我也可以名正言顺地在课余辅导她。

无论快乐还是悲伤，练习钢琴是我释放情绪最好的办法。所有的情绪都可以慢慢化解，谁也无法夺走我自己内心陶醉的机会。练习钢琴就像练书法、做气功、画国画，手巧心也会更灵。在物质文明高度发展的今天，练习钢琴可以对抗很多人类疾病。它领我到达一种超然忘我的境地：修身养性、万寿无疆。练习钢琴自然丰富了我们的生活，增强了自我表达意识。

在美国，我做房地产经纪已经有一些年，我这个爱做梦的人可以借机帮助客户们实现他们的梦了。每当人们问我做房地产是否发了，我只是付之一笑，我做生意的主旨是皆大欢喜、心满意足、问心无愧，这样每到晚上，我才能睡得好，美梦不断。此外，除了维持基本生存，我想攒钱来旅行世界。人活一世，如果不能读遍天下，游遍天下，即使多富有、再健康，也是白走一遭。

中国人向来吃苦耐劳，说到游山玩水好像总觉得很是“罪过”、“浪费”。在孩子还没长大成人的时候，海外的中国人尤其忙于积蓄教育资金、付房子贷款，忙于孩子学这学那。于是，他们的美梦只好悄无声息地被搁置在一边，等着岁月的风尘慢慢地遮盖了它们。最近，本州某大学工作的一个优秀的中国老教授去欧洲旅行，突然在法国脑溢血发作，客死异乡。我看到这消息十分难过。他在异国功成名就，孩子都已成材，该是拾起梦想、享受人生的时候了。可是这个梦想却再也无法实现了。

其实我们很多的梦想，不必等着孩子长大以后去实现，我们可以和孩子一起享有：和孩子一起上迪斯尼乐园，一起去海洋公园坐水滑梯，从陡梯上冲下来，一起坐蜜蜂小飞机、玩碰碰车……美国式的童年可以拓展我们以前政治斗争不断的童年。

写作能将我们的梦想记录下来，这也是我持之以恒读书、写作几十年还不愿放弃的原因。作品里的世界可以是现实的复制和模拟，也可以是独立的梦境再创。现实是丑恶的，梦境可以是美丽的；现实是肮脏的，梦境可以是清洁的。这个梦境是心境平衡的缓冲剂，使我们的精神不会生病。我愿意一生都这样地做着梦……

家在何处?

最初几年，在我的个人房地产广告中，我由衷地写道：帮助客户在异乡安下“精神的家”和“物质的家”。人在异国，物质的家好安，心灵的家难安。

做房地产经纪的这些年，我一直不断地劝慰客户买房一定要量力而行，一定要认真算好每月贷款、房子年保险、税，不要因为和别人攀比而把自己搞得太勉强。“买卖早知道，没卖后悔药”，我总把房子的地理位置、优缺点向客户分析清楚。房地产经纪绝对不能随便向客户忽悠很多有关投资的知识，而是要以丰富的市场经验给客户做“启蒙”：家的物质大小只是一个外壳，温馨的居家精神才能使物质的空间拥有幸福之感。

我所打交道的客户中，应该说一半是中国人，一半并非中国人，因为即便中国人是买家，卖主也可能是各国移民或美国本土人。其实“美国本土人”一词的意思也很模糊，公司的“白同志”房地产经纪就曾说起过，一些“无产阶级”租客声称他们是土著印第安人，不仅要夺回土地，更要抢回房子，甚至要控告他。这令人哭笑不得，不过还是要特别谨慎，因为美国房地产讲究“平等住房”原则，只要买主财务上合格，就不能有任何歧视，否则经纪人执照可被吊销。

其实，房产经纪是人生戏剧的敏感见证人，因为“家”的建立或解体，往往连结着重大的人生变故：结婚或离婚，工作调动或失业，孩子的出生和读大学时的远走高飞，商业发迹或破产……往往在那些被银行拍卖或故意搞得破烂的各种价位的房子里，我感到了人生的残酷和无常。

几年前，她曾经在电话里低声告诉我要卖掉现在的房子，她再也住不下去了。她要求新房子绝对不要靠近某个城市的某条街道。我第一次带她看房子时，她哭着向我道出了满腹悲哀。

她和丈夫早年从香港来美国密州开办夫妻中餐馆，二十几年早上9点至晚上10点的辛苦劳作，两个孩子终于完成高等教育，找到工作。最近几年，已到了退休年龄的夫妻卖掉中餐馆，在赌场找到了一份福利不错的工作。他们本想就此休闲下来，哪知他在赌场做了没多久就得了癌症，不久就病逝。祸不单行，不久后一个女儿也遭遇车祸离开了人世。在那个她不想住的地区墓地，她已经埋葬了两个亲人。

她说她不知应该离开这个城市，还是和另一个已经立业的孩子一起住；是应该自己独自住镇屋，还是回香港和老母住在一起；以后，她的骨灰是否三分之一撒在故乡，三分之一撒在大西洋，还是三分之一撒在密歇根湖……每当我开车路过不同城市路边的墓地，我也会不由自主地想起“家在何处”的沉甸甸的问句。

他是我的同事，早我一年开始做房地产生意。在隔我几个写字台的开放式小工作间里，他总把一切材料、文具整理得井井有条。他长得文质彬彬，做事慢条斯理。他的太太待在家很久后在一个商场找到一份化妆部售货员的临时工作。他们的两个孩子当时都要读大学，得准备自付昂贵的学费。在这以前，他是汽车销售员，他转房地产业本想改变经济困境的。他平时生活得很朴素、很清寒，而且举止很谦卑，穿着也绅士般地清洁。

他的妻子和女儿经常到办公室来串门，小女儿课余跳芭蕾舞，经常在圣诞节前表演《胡桃夹子》。秀气、苗条、优雅的女儿和他的脸色都是贵族似的苍白，我心想这么白的同志在美国是不会自卑的。在做房地产的最初两年里，这难做的生意并未给他带来财富。他的旧车不能上高速，但他却一直没有换车；平时午餐时，他也只是拿出小小的罐头午餐吃完了事……他的一举一动都让人看出他在极为谨慎地花钱。

在做房地产的第三年，他刚打开房地产事业的局面，却得了结肠癌。化疗很耗钱，他家的财政更处于困境——房地产经纪是公司之外的单干户，需要自己打理医疗保险等等。我让财务部把我的每笔佣金扣掉一部分钱后再寄给我，希望这些捐款能帮他治病。寒冷的冬季里，我和女儿在我们的社区挨家挨户收可回收的瓶瓶罐罐，带到办公室，和其他同事一起，把几卡车的回收品卖掉，得到一笔很可观的款项救济他。

一年多后，他的身体似乎康复了，又穿起职业的黑西装。在一次销售例会上，他谦卑地一鞠躬后，衷心感谢同事们给他的第二次生命。但是不久，他又开始头疼了，又住院了。再后来，大家第一次看到他头戴犹太人的小西瓜帽，羸弱地躺在病床上。不久，犹太教教会和慈善医院根据各方的赞助，安排了他的葬礼。

他过世后还留下一些债务，我按照某个犹太人基金的地址又寄去了钱，表示无限的哀思。他的太太寄来感谢卡，那家犹太人基金组织经常给我寄来他们的慈善杂志。

以后，每当我开车路过他曾经住过的那个城市的犹太人劫难纪念馆，总会想到他的谦卑和他对我的鼓励。几千年来，犹太民族有着太多的漂泊，他们没有自己的国土，散落在世界的各个角落。一个民族、一个个体需要经过多少的磨难后才能找到心灵的安全港？“家在何处”原来是我们所有人共同的追问。

头号儒商

我个人广告词中有一句话:“头号儒商，有口皆碑”，这些年来，这句话一直鼓励着我。我做密州房地产经纪、仲介的这些年间，没打过一场与房产有关的官司，而其他做过几十年的老经纪还在不断打官司。这些靠的是自己的敬业、诚信、勤奋，以及曾经做教师的细致、当过作者的敏锐。

我不甘做酸文人，更不会做臭商人，我深知急功近利者做不长久。商人的素质、经验，经济的形势，气候的变化，客户的买卖动机等等，皆是房地产业互为影响、必不可缺的因素。

这里的房地产公司多半是以住宅买卖为主，商业地产转手为次。大部分买房者有着截然不同的故事，但大都是辛苦地经过各种挫折，怀着美国梦来买卖房子的。客户多半用百分之二十来付头款，百分之八十按揭付款。严格说来，房子中百分之八十的所有权还是银行的。在美国买房子是客户美国梦的寄托，将心比心，我和客户们分享着同一个美国梦。这似乎和一般的物质追求不同。

中国移民客户买卖房子的价位基本在十万到七十万美元，其中又以二十万到四十万美元居多。随着中国经济的腾飞，来美读书、工作后的客户陆续有一定的积蓄做首付。房地产经纪有点像“媒人”，“媒人做得好，两边有吃；做得不好，两边受气”。

春、夏、秋三季是美国房子交易最旺的时候，尤其是在暑期三个月里，许多有孩子的人家喜欢在8月底开学前搬迁，这样孩子在一个新学校完整地继续他们的教育。

有几回，我和客户相约在某个加油站或房子面前直接碰面，这碰头就有点像“地下党”接头，要事先预告开什么牌子和颜色的车，身着什么衣服，相当于“接头暗号”的确定。一些没有手机的客户遇到交通阻塞或健忘的时候，我必须等上他们半小时甚至一小时。夏天最热的时候，我不想一直在车内开着空调，浪费能源，就到附近有空调的地方等着以防失去联络。我硬着头皮，守着信用。在说好的地方，我一会儿在树荫下站着，一会儿进车开空调凉爽一下。在不确定最终能否见到客户的等待中，我成了一只密州本地产的“烤鸭”，脸部绯红，汗珠像油汁一样落下。

我的客户中有牙医、做广告的、搞装修的等等，我后来都陆续成为了他们的客户。生意上的专业服务到职业上的相互扶持，是比商业更重要的仁学。

在人们最大的投资——房地产的交易中，我学会调控精神尊严和物质欲望。从房地产经营走出来的一些人懂得诚实、守信、耐心、被拒绝、公平等人世基本的素质训练。

美国经济形势好的那几年，我用在房地产业积累起来的经验，为客户鉴写合同，连夜“抢房子”。在有限的时间里，我要在别的合同还没插入、抬价前，给客户谈定最好的价格，争取最好的权益。而我成为卖家代理时，就要争取卖家权益，努力为他们服务。当我对全过程熟能生巧后，经常会先从自己腰包掏钱做预先投资。我去邮局花上几百美元的邮费，寄出上千张广告传单来“炒作”，介绍“明星”房子的情况，以使周边卫星城挨家挨户都能知道“明星”房子。我们的广告在报刊杂志、网络上更是应有尽有。周末我就在售主家，摆出王婆卖瓜的架势，迎接五湖四海的客户来参观。

心诚则灵，那时我经常能在一两个月内帮卖主卖掉房子，而其他经纪人虽能花言巧语地从主人这里争取机会，却懒散，不舍得太花成本和时间，结果往往要花半年时间才成交一栋房子，甚至因卖不掉房子而被卖主撤回。屋主只好找其他经纪人继续出售。

做房地产随时可能亏本，摊上各种预先的投资、搭上的时间，可能换回几个月买卖不成的结果。几回，从美国其他州来的客户对本州各个卫星小城不熟，我几乎在三个月带看过一百栋房子。结果，客户不买一栋房，或到中国的故乡买一栋房子顶替了。还有一些客户执着地要在美国式的设计中，选择符合中国风水的家园，这更是难上加难。原先在中国坐北朝南的房子，在美国却是坐南朝北，因为这里厨房和家庭间大多设计在房子后面。除了三个月里带看房子的宝贵时间，我还要搭上汽油费、查询时间、调查时间等等，生意没做成，感觉就像是我义务做了几趟出租汽车司机外加本地导游的工作。知趣的客户会连说对不起，还主动寄钱来报销开车的油费；不知趣的人还在享受了三个月免费咨询后，成了“游离分子”，另做主张开小差……亏是福，人人不；利是害，人人爱——这时我就会拿这话来安慰自己。

在商业如此无常的反复中，我告诫自己：“怒是猛虎，欲是深渊”，“人可负我，我不可负人”。最初从商的两三年里，我和女儿学起了钢琴。我右手重弹的是成败的主旋律，左手轻弹的是得与失的淡忘。这样，道义上我永远是心安理得的胜利者。如果说“一夜夫妻”有“百日恩”，那么三月主客也可有百日缘，买卖不成仁义在。

人和动物的区别是在适者生存中，人要讲究“心约”的。客户是上帝，客户也是小孩，他们也需要时间来试验，反省自己的“错觉”，如拒听专业劝告，自作聪明，因小失大，“买得便宜柴，烧了夹底锅”。每当经纪人和客户做成一笔交易，双方就基本知道了彼此的为人哲学和衣食住行理念。人啊人，令我感到宽慰的是，过了几年后，这些客户又回头来找我买卖其他房子、出租房子，或引介朋友。岁月和经历是人们最好的老师。经纪人要以过去成功的交易做依靠，更要有全心全意、任劳任怨的情商。有了“心红苗壮”商场战士的准备，心里就会有实力来承受各种挫折。在多少次的可能和不可能中磨炼过来的房地产经纪人更有能力和心胸去做其他职业。

卖房“劳模”

我原来做的那家房地产公司在密州的十八个卫星城有分支办公室，总裁是德裔美国人，他的祖父母辈在美国移民创业后，就留下房地产生意让他们继承了。我办公室所处的奥克兰郡是全美最富裕的郡之一，我就是在这里“白手起家”的，从值班接打电话逐渐到发展客户。

值班室里，两个值班经纪人轮流接听客户电话。一次，同时值班的一位老经纪人请我帮助回复一个麻烦的客户。这个客户感兴趣的房子价格高于五十万美元，在中西部的消费水平上属高档次。老白同志问了客户一句“你们是否和银行谈过贷款的事”，对方却挂断了电话。电话系统保存着此号码，老经纪人和这位亚裔客人有“交流困难”，让我解个围。我回电话过去，只听对方很敏感地反问：“你们怎么知道我买不起五十多万美元的房子？”我听这带口音的英文，猜对方是韩国人。我向他们解释了买房过程中贷款、不同价位房子的意义，韩国客户这才平息他们“想象出来的歧视”。美国确实会有潜在的或公开的种族歧视，但是商业过程对所有人都一样，客户不必对此过于敏感。有意思的是，当对方知道我来自中国时，口气也和缓下来。同是亚洲人，他们觉得我的一切解释都顺理成章，“歧视”之念很快就自动消除了。

这家公司鼓励健康竞争，也有比较健康的竞争精神。经验丰富的高产经纪人经常受邀开设各种讲座。他们很为此自豪，很乐意花去两三个小时谈房产买卖中的得失、广告方法、与客户相处的人际学等等。大家知道每人都有不同的影响力、社交圈、客户群、广告区等等，所以大家可以互相分享，不必“抢客户”，基本上井水不犯河水。一些经纪人问询我有关亚洲的礼仪、风水等知识，我也请教他们一些欧美国家相应的知识。

后来，我们六七个经纪人还每月在办公室聚谈。这个志愿组织的“群众意见反馈小组”负责集中大家的各种意见，提出问题，希望在每周一次的经者组织的会上得到解决或解释。我在一两年内志愿参加这个小组，提出了一些想法，也学到了一些新东西。这样的定期小组会议使人际交流透明、有效，形成良性循环。在这样的环境中，经纪人显得大气、从容、不会患得患失。

这家分公司鼓励中国式“大跃进”的比、学、赶、帮、超精神：在每月销售大黑板上，经纪人的名字按销量排位，比比谁的销量最高。这一招和美国人那种讲究隐私的习惯很不般配，有点像以前我们各科成绩的宣读和张贴。但这一招很灵，我很习惯：我决心向他们证明我这个唯一的中国经纪人的能耐。所有要强的人，似乎一生都在证明自己的价值，我们叶家人就喜欢说“给别人‘颜色’看看”。这不是挑衅，而是自我挑战的精神。以此，五个女儿要向男权社会证实女人不仅可以漂亮温柔，更可以自尊自强。现在，作为这办公室唯一黑眼睛、黑头发、黄皮肤的经纪，我潜意识地认为我的所作所为代表着亚洲，代表着中国，而不仅仅是叶家。我在这种劳心的自我督促中，更义不容辞地要给别人（办公室的白同志、黑同志、半黄半白同志、半黑半白同志……）“颜色”看看。

我看到几个有助手帮忙的高产经纪人在销售板上很神气地遥遥领先，便发誓要单枪匹马地和他们赛一赛。后来，我的大名果然三次出现在全公司十八家分支办公处大约两千位经纪人中“最高三十位销售健将”证书上。在销售数量和佣金上，我都领先于比我多做十年的老经纪人，但是该公司“剥削”得很厉害，我的佣金以大半的分成比例被公司抽成去了。

这家公司很强调职业道德，经常趁经纪人不留意的时候，在客户群中追踪调查经纪人的服务质量。多次，我收到顾客在各个服务栏目上面打最高分“全优”纪录的报告。在这些打乱的抽样调查结果中，我很自豪自己“全方位的优秀表现”。事实上，像我这种样样逞强、力求完美的人，希望总部每次都能去调查我的交易服务质量。我的服务“经得起考验”，我每拿到一个优秀证书，心里就有一种成就感。

每星期二我们有两小时的全体销售会议，会上会推选出“星期明星经纪”。这个奖像奥运火炬，从一个“劳模”传送到另一个“劳模”手上。“劳模”可以发表个人“语录”，我选上“劳模”的那一次不巧全家打算回国探亲。我把“劳模语录”在会前交给总经理。我是这么说的：

此时此刻，我把此奖从中国的长城快递给×××。我感谢大家给我这个荣耀。遥想自己来美国有十多年了，现在终于和大家分享着美国梦公平竞争所带来的快乐。房地产业是一所学校，我每天以不同的方式和大家在学习，成长着……最后，我想用我刚看完的菲尔博士所写的《生活的策略》中有关“收入”的新概念和大家共勉：人的“收入”有金钱、物质收入，但更有“精神成就收入”、“身体健康收入”。我祝愿大家商业成功，同时精神快乐，身体健康。

房地产经纪一定挣大钱？

其实，我曾经是不满小知识分子普遍在精神、物质上受羞辱的地位，赌气来从事房地产的。我想以此谋生，向世人证明我不仅自己可以拥有“一间属于自己的房间”，而且可以帮助精神流浪中的移民不再唱起“茅屋为秋风所破歌”。我要让欢乐颂充满全世界知识分子的心，“安得广厦千万间？大庇天下寒士俱欢颜”。人在穷富之时，都可以志短或志长。

在做房地产经纪人时，成交价格都是几十万起价的大手笔，所以，一些外人误以为房地产经纪人的佣金也是哗啦啦地挣不完。这里的房地产业有全职、半职的自由方式。经纪人和受雇的公司有合同，每成交一笔要根据合同分成。此外，经纪人要付统一信息网络连锁费；交纳全国、全州会费，还要每月预付公司广告费、文件费、办公费。而且，经纪人每年的收入也一样要上税。我当初决定做这行，除了自尊原因，还喜欢它不坐班的自由。

很多人误会了房地产可以暴富的本质。经济会兴旺，也可能会经济危机；房地产有冷市也有热市；房产增值也可贬值。这就像股票一样，大可不必惊慌，潮起潮落，花开花落，物质的环境可以残酷地失控，精神的心境却可以在预知的旋律中掌控。有时候经纪人一个月就可以有三四个成交，但也可能没有一个成交的。这样，就要“拆了东墙补西墙”，把一些资金在几个月里平均铺垫。而那些每月拿固定工资的人就不一样了：他们只要投入时间，一个月做得糟糕还是成功，保证稳拿固定工资；而且，他们反倒可以把不坐班的人的时间想得无边无际，视偶尔挣得的“横财”为常规。

美国有很多纳税、行规的要求，因此大多数人很难暴富起来。既然暴富不起来，也不会赤贫下去，何不捐些出去，改善社会？因此，在我以前就惯用的“就好比……”的说辞下，到手的钱又流走了——就像当年我把稿费给掉的借口：就好比我没写这篇文章；我捐点钱出去：就好比我没做成这笔生意……久而久之，别人反而有点“习以为常”了，自己好像真成了不用挣钱谋生的“阔太太”似的，变得好像可说“就好比我不必柴米油盐”，“就好比我不必活了”。直到每年4月报税时，所有预付的费用、挣到的钱被东扣西扣后，我才清楚知道自己实际挣了多少。“就好比……”之说，有时可能不知不觉地让人沦入“财政赤字”的境地。这样，独立商人没有资本的积累，就如同“泥菩萨过河”，更不用说“扩大再生产”了。查询房源、调查房源、带客户看房子、指点财务，这些所花的时间都是有价值的，是需要得到生计报酬的。自由职业者生存靠的是自己的本领，是一点一滴的努力，它和吝啬是两码事。当各种组织问及一些商家赞助时，他们也是有这种“经常和几十万大钱打交道的经纪人一定挣大钱”的误解。

当然，商人从社会挣钱也应为社会谋利。我在房地产做得顺利的时候，很乐意主动用一些佣金去捐助一些事情。有人说商场是大染缸，一进去很难再清水芙蓉出来的。一些从革命中成长起来的中国人轻视所有的商人。许多人可能误以为我已经从作家“腐化变质”了。其实职业的风格就像性格：男人既刚也可柔，女人既柔也可刚；商人可做大儒、小儒，却不可做人人喊打的奸商。其实，每人从小所受到的基本教育影响着人的一生，由此形成的人生观很难改变。鲜花可以在风清月白的花园开放，可以在混浊不清的尘埃绽放，也可以在人来人往的路边怒放。

分房点数和贷款信誉

很久以前，中国单位员工的分房点数是根据以下内容考虑的：夫妻是否双职工、个人政治表现、工龄、学历、级别等等，综合起来就是单位分房点数的内容。一个潜在的假积极分子、一个可能腐化堕落的七品芝麻官、一个低能力却有关系的人又可以被“灵活”地考虑，“特殊情况，特殊处理”。对这些关系上四面八通的城府之人，清高的雅士们多半会避而远之。

在美国，人们以现金、贷款的形式买各种别墅。银行贷款所查看的信誉点数是根据人们每月付车、水、电、煤气、电话、商店等分期付款、按时付账的信誉情况而定。信用局就是专门来追查信誉点数的“道德官”。人们的信用越高，他们可以享用的贷款利息越低；信用不高或没信用，就不能享受低利息来买房子，除非用现金买。

所以，人们长久以来积累的信誉美德是可以用来挣钱的，而“关系”在此是很难用来挣钱的。信誉面前，人人平等。一些有稳定工资的清洁工，业余时间喜欢维修电器，修补私车，这样凭着一定的收入存款和好的信用，他们照样可以买想买又买得起的别墅。而某个中国的七品芝麻糊涂官，若信誉不好，在美国照样不能贷款买房。在美国，买房时若能得到较低的利息，那便是他们信用品德的最美证据。

我的“工作坊”

几年前，我参观了德国著名作家歌德在魏玛的故居。魏玛小镇不大，由青石铺成的小路显得古色古香，剧院、步行街小店散落其中，自成当时的德国文化中心，一群情投意合的文化人曾经在此开办文化沙龙。18世纪以来，哲学家尼采、诗人席勒、音乐家李斯特等一大批文化人在这里生活，并创造出惊世骇俗之杰作。

用现代人的建筑眼光看来，歌德的故居——一幢米黄色别墅没有什么特别，它的所有窗户都朝外，粗看让人以为是一家旅店，设计式样也远没有当代美国的一些别墅豪华美观。这幢别墅是几世纪前魏玛公国大公赠送给歌德的，歌德果然不负大公厚望，在此住了五十年，写下了更多像《浮士德》那样的名著。同时，他悉心研究自然科学，担任要职。歌德是幸运的，在他生活的一个世纪里，统治者和社会上层的人们不仅重用他的思想和才华，而且为他解决衣食住行等后顾之忧。

这座别墅像往昔上海里弄小巷的石库门，进去后有一块天厅，在维修过的三层楼木地板上，走路时能听到木板嘎吱作响的声音。大幅油画占满了起居室，拥有六千多册图书的藏书室至少有当代图书馆的阅览室那么大，写字台大小正好适合放一盏煤油灯、一本书，人们站在那里就可以读写。花园很大，像是一个小植物园。但是，歌德的卧室却显得狭小、拥挤，似乎和欧洲火车卧铺的小睡房一样大。卧室里的木床很简单，我们参观者都误以为这是仆人所住的地方。小卧室的窗口对着那片花园，歌德临死前的最后一句话正是“给我一点光亮！”

偶尔，我也非常渴望待哪一天辛苦挣足了可以养老的钱，或中了彩后可以不工作，然后就买一小幢背靠湖海的大木屋工作坊作为“精神的禅堂”：墙的四周、地上全铺满了瓷砖方块大小的精选硬皮书；工作坊的外面星光闪烁，水波涛涛，后院设有江南园林曲径小道和亭子，就像苏东坡笔下的意境：“门前万竿竹，堂上四库书”；房子面对湖的一角，摆放着一台斯坦威三角钢琴；还有一间布满鲜花和绿色植物的太阳房，在一年四季的阳光下，我可以在此房间的走路机上走路，在地上做操，学做瑜伽。我不必担忧四季的吃喝：机器人是我的大管家，在一旁忠实地按时供我一日三餐，打点衣食住行、柴米油盐等等琐事。屋外的街上人烟稀少，没有车辆，有点像鼓浪屿小岛，又有点像“桃花源”，人声、潮水声、钢琴声隐隐约约地传来……我的心境处在超脱与半超脱之间，一会儿弹钢琴，一会儿写作，一会儿饮食，一会儿锻炼，一会儿闭目养神，然后，我就写出一本本的书……

几年前回国探亲时，我看到三姐的一间小书房弄成小木屋，很是羡慕。最近，我又在电视上看到一些现代艺术家的工作坊，不禁心里发痒……不过，这个梦想至今似乎仍遥不可及。我没有歌德的才华和运气，能被赠送一栋花园洋房，于是，我只好自己快马加鞭，自己赠送自己住房。我逐渐把对工作坊的渴望当作“远目标”。事实上，我现在的住宅条件应该早已超过歌德时代的水平，美国小康物质生活的各种花头一样没被我落下。这一切不是别人所赠，不是一夜暴富得来，都是靠我们自己长期的好信誉贷款着，偿付着，享用着。

而我的这个工作坊，应该是一个集文学、音乐、绘画为一体的逍遥乐园，集中西文化的精华，因此也必须是自己极富个性的设计和创造，因此它应该是一幢一辈子都不会搬迁的别墅。

我这么期盼着，又走过了好多年。现在，我越来越觉得创作灵感和工作坊没有绝对的关联。灵感其实是一个调皮、令人窘迫的机灵鬼，常常突然袭击，不邀而至。浏览世界新闻时，张罗衣食住行时，在驾驶车子的途中，在坐抽水马桶浏览旧报纸的那一刻，灵感都会翩然而至。于是，我曾经对“工作坊”的渴望，及对歌德小卧室的遗憾，就像一片云、一阵雾，悄然飘去……

母亲

每到母亲节的时候，美国的二姐和我，还有加拿大的四姐，就轮流打电话给母亲祝她母亲节快乐。

中国是“娘家”，母亲是我们的温柔牵挂。遥想半个多世纪以前，矮个子的母亲对着她成千上万的师生，五次挺着大肚子，像将军一样“神气活现”地走来走去。作为一个优秀的特级教师，一个爱孩子的母亲，她拥有丰沛博大、温柔无比的爱心。在终身的教学生涯中，母亲忙得几乎连生病的时间都没有，四十多年下来，直到退休，她几乎没有请过一天病假。这样的人，必须有很强的组织能力和领导才能，要善用时间，这样才能事业有成，并且看管好家中的五个女儿。

母亲长期坚持每天打太极拳，退休后又练起了剑舞。在那个贫穷时代，辛苦的母亲每一次生育前后都很难有足够的营养补充，她一定流失了很多钙质，最近几年母亲的背驼了，她像骆驼那样走路。她的背像一座几十年承重的拱桥，上面走过了她成千上万的学生、亲朋好友的孩子、五个女儿和外孙、外孙女……半个多世纪的国事、校事、家事在千锤百炼的“拱桥”上，像风雨一样飘过。母亲享受着桃李满天下、女儿成行的幸福。说起她的教学，或者学生、女儿的成就，她都要艰难地直起腰板子骄傲地一一叙说。

在美国居住近二十年的我，依然学不会像欧美人那样，对八十岁的老母亲说我爱你，我只能打长途电话问好；更很少在难得的团聚时，像欧美人那样拥吻。但是，母亲养育的恩情却一直甜蜜地流淌在我的心底。远在美、加的三个女儿很难“常回家看看”，敬献孝心，幸好大姐、三姐两家还在杭州，周末、逢年过节时，他们还能频繁地和父母团聚。幸好，八十岁的老父、老母，每天一直坚持打太极拳，练剑舞，参加社区老人活动，他们生活得健康、自理、开心。父母对生命和生活的热爱，感动着两个已退休、三个已到中年的女儿。

到了自己做母亲的时候，我才真正深刻地体验到母亲在中国经济最困难时期，身心疲乏地陆续生下五个女儿的辛苦。大姐生在新年到来之际，叫“叶迎新”；二姐生在拂晓时分，叫“张晓音”；三姐在中国建设的第二个五年计划前出生，叫“叶迎二”；四姐生在“大跃进”那年，偏实际地叫“叶晓跃”，更没在叶家的性别建设上产生“大跃进”，否则就没有我这小五了。当时的医疗条件没有超声波测试，无法预知胎儿是男是女。如果大姐的出生是父母第一个惊喜，从二姐开始，父母就开始在家庭建设中“工作失误”了四次，最终又生下了我“冠男”，取名上再也不含蓄，父母的雄心和遗憾也就此打住。据说我来到世上的那一天，同一产房有两三个儿子的产妇想和我父母交换婴儿，母亲疲倦地、遗憾地而又坚决地抱回自己最后的女娃。

半个多世纪，父母把生儿育女的遗憾化解、转移，变成动力，转到对学生、五个女儿和子孙的教育上。中小学教师在物质上的清贫从没难倒母亲，她一如既往地追求教育上的完美。母亲曾经神奇地把数学成绩不及格的差生改造成数学竞赛得主；1960 至 1965 年间，母亲带领五名学生参加小学数学竞赛，学生们获得区里数学竞赛前两名，获得市里第三名，其中我大姐获得区里第一名、市里第三名；1979 年，母亲努力提高学生的口算能力，使学生从二十分钟算对一百道题，到十分钟算对一百道题，最快的三分钟就能算对一百道题。几十年后，这些孩子做了家长，他们的孩子又成了学生。他们永远忘不了母亲对他们无私朴实的关爱。1988 年退休前，母亲任班主任、少先队辅导员共有二十九年，任教导七年，任年级组长二十六年。而且，每年的寒暑假里，不论是炎热的夏季、寒冬腊月，母亲都坚持去杭州郊区给那里的小学教师讲解数学教学的技巧。

1976 年后，母亲一次又一次地去市区教育局，为学校同事和自己争取权益。她不会骑自行车，如果错过了公交班车，她就穿着绿色军用跑鞋，连跑带走，出现在相关负责人面前。她脸上的汗水和持之以恒的求真精神使负责人没法不感动。他们被母亲"逼着"去落实政策。母亲没有后门关系、出色的口才、傲人的美貌、高挑的身段，她有的是数学教师"一是一，二是二"的"实心眼"。母亲负责的数学教研组多次被评为区先进集体，她自己也被评为市先进工作者、市三八红旗手、省市妇代会代表。曾在市里群英会上发言，放大的照片还在杭报、六公园书报画廊上展示。

当五个女儿依次准备高考时，母亲早起在上班前炒鸡蛋、做火腿、蒸笋干等，尽力帮助孩子补足营养；自己却总是把剩饭剩菜在炉子上热进热出，吃完了事。母亲的厨艺不怎么高超，她只能做鲜美的蛋卷、肉丸子。家家户户在春节前准备年货时，她会花一天时间剁肉馅，过菱粉，清蒸一碗碗肉丸，细煎一个个蛋卷，此时的她，绝对没有教学生十分钟内算对一百道数学题那么有效率。她会让我们姐妹捧着她亲手做的“年货”，去送给左邻右舍拜年；左邻右舍也会送来他们的年货“礼尚往来”。这样，在“阶级斗争”中不断紧绷的神经得到了放松，一年中因忙碌而忘却的人情又温暖起来。

当我远在美国，从怀孕到女儿两岁半上幼儿园，再到现在女儿从小学毕业，我更体验到一位有着五个女儿的母亲在事业上要有所成就的艰辛。当女儿小时候第一次在我的背上发烧打颤时，我浑身也颤抖起来，以后的几年里，每晚睡觉前我总要摸女儿的额头，确认是否发烧……作为一个母亲，这种承受生命之重的“天职”是自然而然、义不容辞的。任何一个女人从做母亲那一天开始，就开始感觉神圣、忘我和成熟。

在欧美有两三个孩子的家庭，母亲经常专职在家养育孩子。她们依靠男人工资、社会福利补贴养育家庭，常常放弃自己的事业。待孩子长大外出读大学、工作，母亲便独守空房，空虚连连。从我母亲这里，我学会了独立。她以身作则，给女儿们树立了正确的榜样引导；她从不自暴自弃，从不攀援懒惰。她在精神、事业、经济上均是独立的，在教育上也得法：把坏学生改造成好学生，把女儿培养得亦柔亦刚，有貌有才……

最近两年，父母大人都轮流过了八十岁生日大寿，父母给我们这些小辈他们八十年的人生感悟是："淡泊明志，宁静致远。钱财是身外之物，名利是过眼烟云，只有身体和知识是自己的。"

第三次考过

考房产仲介执照需要做房地产经纪至少三年以上，而且每年要成交一定数量的房子，还有几十个小时的有关课程进修要求。其考试内容五花八门：住房条约、行规、土地法、房产税、租房、贷款、屋主联合会、案件处理等等，囊括了经济学、数学、法律、人际关系学等各个领域。

我一次就考过房产经纪执照，如同考驾照。但是，这个啰嗦的考试还有一项，是要考出房产界领袖“潜在气质”的综合性执照，我未能一次通过。几百道考试题必须在专门的考场进行，入场时，考生携带的铅笔、小计算器的电池都要打开检查，以防考生把一些公式、数据的小纸条塞在里面。四个小时里，考生坐在一间间隔开的小电脑栏房做数学题，分析实际案子。这么长时间的静思默想不是一件容易的事，稍不小心就幻觉自己是坐在律师办公室探案呢。时间刷地过去了。

时间一到，我走到考试中心前台，秘书从电脑打印出来一个“不通过”的结果。最后十几道题，我连碰运气的时间都没有。我本应该随便涂几个 A 或几个 B 的，可能缺的就是那几分呢！

一年中，同样的考试可以有几次，不像中国一年一次的高考，在美国要逞强永远有机会。可是，我有必要继续考下去么？如果我不开公司，不做老板，我已经有了经纪执照，几年的经验使我谋生没问题。我何以自讨苦吃，花时间、精力去争这么一个执照？不，我要考，我不服输的劲头又来了。

第二次，我把题目准时做完了，最后还有时间检查，但是，总分还差几分；

第三次，考试一开始后，我就把手表向前拨了半小时。在接近尾声时，我几乎忘了那一招，忽然觉得多出了半小时，于是又在不同的部分，气定自如地重新检查一遍。

第三次我终于考过！

心曲

第二次钢琴汇报表演，钢琴老师打算租用一所大学的大礼堂。作为一个钢琴“粉丝”，我主动打电话给钢琴课田老师说要赞助租场费。这不是我挣的钱花不完，而是我乐在其中，愿意鼓励自己和所有钢琴学童有一个演奏汇报的正规环境。在捐助的小页中，我表达了一个房产经纪的祝福：“让我们异乡的房子充满琴声和笑声！”

演奏的学生年纪在五岁到十六岁之间，大家学钢琴的时间不等，除了另一个上班的成人，我算是这些学生里的孩子王。在一群琴童中，我并不觉得难为情，学习和娱乐的机会对所有人是平等的，因为面子、年岁、时间、种族或性别而放弃学习都是借口。

当场我弹的是中国《瑶族舞曲》和巴赫的《小步舞曲》。表演时，演奏者不能看谱。我得意地弹了一小段平时弹得滚瓜烂熟的曲子后，一不小心在一个地方出了一点小别扭。结果，一向万事力求完美、很难圆滑的我迅速地在一秒内没了谱，又不甘心一带而过小“过失”。于是，我立即又“正襟危坐”地从头开始弹起，弹得就像钢琴曲中的重复符号，一溜下去一路顺风……

和小朋友一起上台表演，我的心境也像小孩一样快乐、年轻。我可以借此丢掉所有的烦心琐事。我买来漂亮的音乐戒指，与音乐结婚；买来耳环和黑底带蓝光的长裙。我终于可以脱去呆板的职业套装和随意的休闲服，终于可以有穿美丽的飘逸长裙的机会。我穿着新买的飘逸长裙又参加了第三次汇报演奏，弹奏了《蓝色的多瑙河》、《康定情歌》。

第四次汇报演出中，我弹的是《北风吹》和《天鹅》。我特别喜欢《北风吹》最初炊烟生起时朦胧的乡村即景，它的开头就像配乐抒情散文；中间的一段节奏比较快，这使手指水平训练有限的我弹得有点气喘吁吁。不同于大提琴曲隐约悲哀的感觉，钢琴曲《天鹅》多了一点从容，少了一点悲感，舒缓的节奏比较适合我的水平和心境。我特别喜欢它的开始和结尾：天鹅逐渐游近，戏水，它无视岸边的各路嘈杂，不惊不乍，不骄不躁，向往着既定目标。它挥动着翅膀最后游去时，其翅膀拍水的声音一点一点地减轻，就像鸟过留声，飞机在滑过的蓝天上留下一道长弧线，余味无穷……汇报演出时，我通常演奏一首中国曲，一首外国曲。这比较符合我对于比较文学和艺术的平衡感。音乐是无国界的，但它有继承性、借鉴性。

2004年秋至2005年春，我在附近的学院音乐系衣博士那儿学钢琴，我和女儿每星期各有四十五分钟的私人课，外加系主任的公共导师课。初见衣博士的时候，衣博士想听一下我的水平，看以后怎么继续教我。我给她弹了田老师教我的《黄水谣》。弹后她问我学了多少年，我让她猜；她说的年限比我实际的练习时间长，我顿时心花怒放。

我在跟田老师学钢琴的一次汇报演奏会上，听了一个红衣少女弹奏《黄水谣》时优美的旋律。我心潮澎湃，很想学好此曲。我还在大学读英语时，就几次听过音乐系女生表演的组唱《黄水谣》。我百听不厌，觉得此曲十分壮美、特别有尊严。我反复看那次表演的录像带，发誓要学会此曲。田老师说那曲子对我来说偏难，那少女挨过父母的几顿训斥后才弹得如此之好。可我一意孤行，那时正值冬季，房地产业是淡季，我正充电准备考房地产的仲介（broker）执照，以便将来自己可有资格办公司。那两三个月里，我在家复习，做几百道试题休息的时候，我就反复练《黄水谣》，像是从中吃了自尊、自强的强心补药。那几个月，田老师说《黄水谣》把我的钢琴水平一下子从三级蹦到五级。当然，我的房地产仲介执照也如愿“攻克”了。

除了衣博士的私人课，每星期五下午我也必须参加另外的导师课，如果我通过理论课、演奏课，还可以拿学分。这些我起先都不知道。我对系秘书说我不是为学分，而是为兴趣来。秘书有点不解我为何纯粹因“心血来潮”去选课。我听了几次导师课，同学们多半有十几年学钢琴的历史，他们来选课是为了考钢琴教师的执照。他们的水平足以来做我的教师，我和他们之间的水平相距很大。不过，“初生牛犊不怕虎”，我在一次课上还是弹了四页长的钢琴曲《茉莉花》。弹奏前，我介绍了一下普契尼的歌剧《图兰朵》的故事，该剧在展现东方园林时采用的背景音乐就是流传在中国南方的民歌《茉莉花》。导师和同学们都不知道这些音乐传奇，我颇为得意。

在过去的几年里，弹钢琴对我来说，就像老爸老妈早起打太极拳、练剑舞一样，是现代紧张生活中一项必不可少的修炼。自钢琴问世以来，多少个世纪过去了。我们越来越时髦，物质生活越来越方便、丰富，生活节奏却越来越快，越来越复杂。“愤怒的话不会押韵；吵架的嘴没有节拍”，现代都市生活似乎失去了巴赫“小步舞曲”的优雅与从容，中国“瑶族舞曲”载歌载舞的热烈与欢快，“致爱丽丝”中一遍又一遍的真诚、耐心与甜美，贝多芬和柴科夫斯基音乐中命运的古典悲怆感和崇高感。人们可以不择手段地占有自然、情感、权力、财富等等，却在途中迷失了自我。于是，音乐表现的只能是小家子气的郁闷、摇滚、发泄，很难成为一种身心上的彻底修炼。

在美国近二十年间，我搬过无数次家。记忆增多了，书籍、影碟增多了，家里的乐器也增多了：钢琴、音乐合成器、两把吉他、大小不一的小提琴、二胡、口琴、两只中西笛子……如此数来，这精神投资还真不小。我命令自己保留三十首边弹边唱的钢琴曲目，以确定每次的一小时修炼带有目标性。我把这些曲目分成几个不同类别，诸如大气恢宏的合唱曲（如《欢乐颂》、《黄水谣》、《同一首歌》等），词曲特别优美、哲理的归一类(如《送别》、《红河谷》、《红蜻蜓》、《南屏晚钟》、《秋蝉》等)。我把它们从歌谱上复印下来后，分门别类地整理在活页夹子里。

“在生活里，人人都是观众也是演员，人人都需要独奏，也需要伴奏”。我在钢琴上先练熟曲调，在只有简谱的中文歌曲上配上简单的和音，然后加上自己的歌声，忙得不亦乐乎。最后，还要到房间的另一端，尝试着在八十八个黑白键的音乐合成器上挑选不同的音响组合模式、不同的乐器效果。这样，我不用和任何人预约，随时指挥着一个自弹自唱合唱团。我身兼多职，右手弹，左手配；右脚踏，嘴巴唱。我无法滥竽充数，不能随便缺席。我指挥，领唱，演奏，伴奏，样样都来，就像练太极拳二十四式。这精神操练也有不同名称：“博爱”、“自强”、“归真”等等。每个精神穴位、环节都不能缺少。在早上锻炼的半小时，我把这些“保留曲目”录在磁带上作为背景音乐，我要以“和谐”的好心情开始我的每一天。

家中音乐合成器上方的一幅彩笔画是女儿八岁时所作：半弧形的彩虹上面是八十八个黑白钢琴键，戴着墨镜的太阳公公在彩虹的右上角抿嘴而笑，彩虹的弯桥上端坐着身穿黑色披风的莫扎特老鼠和穿小背夹的贝多芬熊猫，彩虹下是自由飞翔的蓝鸟和几个身姿像音乐符号的小女孩……哪天，她若要修改彩虹下的空间，我希望她能帮我画上一只不老不小的“天鹅”：她在绿蓝两色交换的河、湖、海里，在记忆的西子湖里梦幻地、从容地畅游……

后 记

从 1963 年至今，中国经过了近半个世纪。我变中年兔，我爸变老年兔。兔子尾巴其实长得很：中年兔和老年兔依然童心未泯地在蹦跳。“乾坤一台戏，日月两盏灯”，我写下中年兔、老年兔“领衔主演”的回忆，作为送走兔年、迎来龙年的“贺岁”书。

我在中国所经历的二十七年是中国的特殊时期：文革—开放—留学……然后，我又在美国生活了另外二十一年。所以，我现在回想起来，一些事情依然带着很深的中国特别时期的烙印和美国社会的特点。我的回忆也就散发出一股奇异、迷惑的中美混合味，就像美国中餐馆里的什锦炒饭……

在美国住了二十一年的我深刻体会到离家越远越久，往昔的回忆越像图像那样栩栩如生。于是，附上一些插图可能会使其更温馨、反省。于是，从未画过插图的我，竟然发现自己的潜力“一发不可收拾”！我憋了三十多年的灵感“像火山一样喷发”。我的绘画水平停止在三十多年前。当这些年记忆的图像扑面而来，我决定自写自画，再现那些特别时期中普通人所体验的日子。

有位哲人说过：“每个人可以是时代，每个人可以是英雄，每个人可以是史诗……”美国重在大多数普通人在人世间平等而又独特的生命力。既然世无完美之地，每个普通人其实都可以是经久耐用、备受挫折的“英雄”。我十分感谢主张“生活·读书·新知”人生目标的三联书店出版此书，因为三联的主张也正是我人生的所求。我写下这本趣忆，旨在打破以往传记“高大全”的神话。我如实描写四十多年来中美生活巨大变迁中的小故事，并表示像我一样的普通人在特别的两世两求中如何学会做人的道理，服务社会，找寻生趣。

二十一年前，我只身来美国留学时，没带多少美元或其他昂贵的东西。在两大箱子里，除了一些换洗衣物、被子、毯子、大衣等日常生活用品，还带上了小学暑假中我练习绘画的一小本画本、一些剪纸习作（曾经夹在毛选里面）、藏书记录本、中外名著读书笔记本、大学日记本、进修的学习日志等一些“自我成长”的精神宝物。在美国几次搬家后，这些“古董”现在依然还在我的一个小箱子里。那些在白纸上着色的剪纸作品居然没怎么褪色；那些蜡光纸更没退掉“革命本色”，三十多年后看上去依然很新。

我反复翻看一叠自己创造的文图俱有的人生“小人书”，就像用手指在纸角翻数“大团结”、绿美钞，我欣慰地想：好一堆精神财富……光阴荏苒，记忆如昨，在辛勤的中美世界蹦跳不止中，中年兔子的我已经体验了太多的两世两求。

我们的人生之戏从来不是孤立的：它们来源于家庭、各种教育、社会政治，周围的很多良师益友，古往今来的中外名著，一个相遇的人不经意的示范、小帮助，一个鼓励的微笑、交谈，一句人生警言……它们不知不觉地在我们的人生中烙上印记。在几十年的人生混沌、逆境中，我们也能从中培养起挫折商，去伪存真，提炼感悟和豁达，达到“四十不惑”的自由心境。回首四十多年，我满怀对两世两求中那些良师益友的感恩。借此，我表示对他们的尊敬。文中 90% 的故事属实，10% 可能是记忆误差或文学中的“添油加醋”。在我过去的二十一年旅美日子里，我渐渐和大多数提及的人们已经没有或没法联系了，但是，这并不表明我已经忘怀他们。其实，在美好记忆中，他们显得更加清晰：远者生敬意。

2008 年 3 月初写，2011 年 3 月修改于美国中西部